Annabelle Starr

STAR GEHEIMNISSE

Mike

Aus dem Englischen
von Maja von Vogel

Schneider Buch
EGMONT

verlegt durch EGMONT Verlagsgesellschaften mbH,
Gertrudenstraße 30–36, 50667 Köln

Original English language edition first published 2007 under the title
Megastar Mysteries – Fusion by Egmont UK Limited,
239 Kensington High Street, London W8 6SA

Text by Rachel Rimmer
Illustrations by Helen Turner

Übersetzung aus dem Englischen: Maja von Vogel
Titelgestaltung: wundergestalten büro für grafik und design
Herstellung/Satz: FIBO Lichtsatz GmbH, Kirchheim
Druck und Bindung: CPI – Ebner & Spiegel, Ulm
ISBN 978-3-505-12470-9

09 10 / 9 8 7 6 5 4 3 2 1

Liebe Leserinnen,

mein Name ist Annabelle Starr*. Ich bin Stylistin, genau wie Sophies Tante Penny. Mein Job ist es also, den Promis dabei zu helfen, immer so gut wie möglich auszusehen.

Im Lauf der Jahre habe ich mit allen möglichen berühmten Leuten zusammengearbeitet, von denen einige ganz schön durchgeknallt waren! Einmal bin ich sogar bis nach Japan geflogen, um eine Girl-Band für eine Fotosession zu stylen. Eins der Mädchen weigerte sich, die Designer-Sachen zu tragen, die ich für sie ausgesucht hatte. Stattdessen wollte sie unbedingt ein Kleid anziehen, das ihre Mutter aus einer scheußlichen alten Gardine genäht hatte. Ich konnte sie nur davon abbringen, indem ich behauptete, das Kleid würde nicht zum Outfit ihres Lieblingspekinesen passen!

Ich hätte allerdings nie gedacht, dass ich mal eine ganze Buchserie über meine Erfahrungen mit verrückten Promis schreiben würde – aber genau das habe ich mit Stargeheimnisse getan. Lisa, Sophie und Abby geraten in genau die Art von Abenteuern, die meine Freundinnen und ich gerne erlebt hätten, als wir Teenager waren!

Ich hoffe, ihr habt beim Lesen der Bücher genauso viel Spaß wie ich beim Schreiben!

Alles Liebe

Annabelle

* Ich verrate euch ein kleines Geheimnis: Das ist nicht mein richtiger Name, aber in meiner Branche kann man nicht vorsichtig genug sein!

Das Stargeheimnisse-Team

Hi! Ich heiße **Lisa Parker** (auch bekannt als Miss Neugierig), und das sind meine besten Freundinnen:

Sophie McCoy, ein echtes Fashion Girl, und ...

Abby Flynn, das schlauste Mädchen der Stadt.

Das ist meine Mutter, **Liz Parker**. Peinlicherweise ist ihr Mode- und Musikgeschmack irgendwann in den Achtzigerjahren stehen geblieben (aber ich liebe sie trotzdem heiß und innig).

Und das ist meine Großmutter, **Pam Parker**. Sie ist ein totaler Krimi-Freak. Manchmal – aber nur manchmal – erweisen sich ihre verrückten Ideen als ganz nützlich.

So, und jetzt kann's losgehen!

Erstes Kapitel

Ich konnte einfach nicht glauben, dass wir tatsächlich Urlaub in Smallhampton machen würden. Vierzehn Tage lang! Ich meine, es war ja schon schlimm genug, als Sophie und Abby während der Winterferien verreist waren, aber das war wenigstens nur für eine Woche gewesen. Jetzt musste ich zwei ganze Wochen ohne sie auskommen! In einer Ferienanlage! Ich, Lisa Parker, die Freundin der Stars – okay, Freundin *eines* Stars – in einer Ferienanlage! Quelle horreur!

Ich war wie vor den Kopf geschlagen, als meine Mutter mir unser Urlaubsziel eröffnete.

„Das wird bestimmt total lustig, Lisa“, sagte sie, als sie mit einer Armladung Wäsche in mein Zimmer kam. „Die Anlage ist super. Es gibt sogar eine

Disco." Dann begann sie aus irgendeinem Grund zu kichern.

Ich sah sie an, als wäre sie völlig durchgedreht. Dann machte es *klick!* in meinem Kopf. *Oh, nein! Wie ich meine Mutter kenne, hat sie wahrscheinlich die einzige Ferienanlage ausgesucht, in der nur Musik aus den Achtzigern gespielt wird. Was für ein Albtraum!*

„Mum, zum letzten Mal, ich will nicht mit dir zu *Wham!* tanzen!" Ich verdrehte die Augen.

„Ach ja, das war wirklich mal eine tolle Band." Meine Mutter lächelte wehmütig, als sie aus dem Zimmer ging.

Ich ließ mir ihre Worte durch den Kopf gehen. Sie hatte recht – vielleicht gab es dort ja ein paar süße Jungs. Das wäre eine angemessene Entschädigung dafür, zwei Wochen in der totalen Einöde verbringen zu müssen, weit weg von meinen besten Freundinnen.

Tja, das dachte ich zumindest … bis Sophie Abby und mich einlud, die Ferien mit ihr in Frankreich zu verbringen! Sophies Familie ist total reich (na ja, zumindest haben sie mehr Geld als meine Mutter, Oma und ich), und sie hatten eine riesige

Villa mit Swimmingpool in der Nähe der Küste gemietet. Sophie sagte, es sähe dort aus wie in einem dieser Häuser aus *MTV Cribs*, mit riesigen Zimmern, Blumen überall, einem Billard-Tisch und einem gut gefüllten Kühlschrank (den die Promis nie anrühren, weil sie immer gerade irgendeine verrückte Diät machen und außerdem sowieso ihren eigenen Küchenchef haben). Ich wollte unbedingt mitfahren! Wir würden knackig braun werden und lauter französische Jungs kennenlernen. Außerdem könnte ich mein Französisch verbessern: „Bonjour! Une baguette, s'il vous plaît." Seht ihr, ich bin ein Naturtalent!

An diesem Tag versuchten Sophie, Abby und ich, den Ausdruck *un beau garçon* während der gesamten Französischstunde in jedem Satz unterzubringen, was Madame Bertillon total auf die Palme brachte:

Sophie: *Bonjour. Je voudrais un beau garçon, s'il vous plaît.*
Moi: *Oui, oui. Nous avons deux garçons ici …*
Madame Bertillon *(in ihrem üblichen barschen*

Ton): Mädchen! Ihr befindet euch in einer Bäckerei!
Amanda Hawkins *(meine Erzfeindin): Genau!*

Wir hatten so tolle Pläne. Wir hatten sogar beschlossen, unsere Bikinis und unseren Nagellack farblich aufeinander abzustimmen. Okay, Sophie hatte das beschlossen. Aber dann kam meine Mutter und machte alles kaputt.

„Aber Lisa, ich habe die zwei Wochen in der Ferienanlage schon fest gebucht", teilte sie mir mit. „Das lässt sich jetzt nicht mehr rückgängig machen. Tut mir leid, mein Schatz, aber du kannst nicht mit nach Frankreich fahren."

Ich war fassungslos. Sie ruinierte mein Leben! „Aber Mum …"

„Es tut mir leid, Lisa. Ich werde nicht unsere Familienferien absagen, nur weil du gemeinsam mit deinen Freundinnen durch die Weltgeschichte gondeln willst. Ihr seht euch so schon oft genug. Du wirst zwei Wochen ohne Sophie und Abby bestimmt überleben."

ZWEI WOCHEN ALLEINE! ICH WÜRDE EIN SOZIALER AUSSENSEITER WERDEN!

Wir trafen uns zu einer Krisensitzung bei Abby.

„Hast du es mit Schmeicheleien versucht?“, schlug Abby hilfsbereit vor. „Du weißt schon, so in die Richtung, dass sie vielleicht einen netten Typen kennenlernt, wenn du nicht ständig an ihrem Rockzipfel hängst.“

„Ja.“

„Wie wär’s mit Bestechung?“, fragte Sophie.

„Hab ich auch schon probiert, genauso wie Schmollen, Herumbrüllen und alles andere. Aber ich muss immer noch mit.“ Ich seufzte. „Ich kann einfach nicht glauben, dass ihr zwei jetzt ohne mich nach Frankreich fahren werdet.“

Wir seufzten alle drei.

In den nächsten drei Wochen waren Abby und Sophie einfach super. Sie verkniffen es sich, in meiner Gegenwart über den Urlaub zu sprechen, aber ich wusste natürlich trotzdem, dass sie total aufgeregt waren wegen der Sonne, dem Pool und der französischen Jungs …

Am Tag unserer Abreise kamen sie vorbei, um sich zu verabschieden. Sophie hatte ein Fläschchen Nagellack mitgebracht, um meine Gummistiefel zu verschönern. Als Sophie fertig war, sahen sie tatsächlich ziemlich cool aus, auch wenn ich mich selbst nicht unbedingt für blaue Frösche entschieden hätte. Aber so ist Sophie nun mal. Ein echter Trendsetter!

„Jetzt lachst du vielleicht darüber", sagte sie, „aber wart 's nur ab. In ein paar Monaten werden bemalte Gummistiefel in allen Modezeitschriften sein. Denk nur an all die Promis, die zu Festivals gehen. Und was tragen sie? Gummistiefel!"

„Ja, aber blaue Frösche?", fragte ich.

„Hey, du schreibst uns doch jeden Tag eine SMS, oder?", wechselte Abby das Thema. „In der Villa gibt's einen Internetanschluss, wir können uns also auch mailen."

„Bien sûr, ma soeur. Falls es in der Einöde einen Computer gibt. Ich werde mich so furchtbar langweilen, dass ich euch wahrscheinlich stündlich Nachrichten schicke. Vielleicht werfe ich vor lauter Langeweile sogar einen Blick in das Stück, das wir für die Theater-AG lesen sollen. Ich hab es sicherheitshalber eingepackt."

„Wahnsinn!“ Sophie war beeindruckt. „Mr Lord wird dich dafür lieben. Vielleicht gibt er dir im nächsten Schuljahr ja sogar die Hauptrolle!“

„Ganz bestimmt“, sagte ich. „Als ob Doktor Lord jemals mein Star-Potenzial erkennen würde!“

„Lisa!“, rief Oma von unten. „Wir müssen los!“

Ich seufzte, verdrehte die Augen und schlurfte aus dem Zimmer. Abby und Sophie folgten mir. Die traurigen Gesichter, die sie dabei aufsetzten, wirkten ziemlich überzeugend.

Oma wartete im Flur. „Viel Spaß, ihr beiden!“, trällerte sie. „Tut nichts, was ich nicht auch tun würde!“

„Zum Beispiel?“, fragten Abby und Sophie.

Das war normalerweise Omas Stichwort, um uns vor fremden Männern oder überfreundlichen neuen Nachbarn zu warnen, die nichts Gutes im Schilde führen konnten, doch ein Schrei meiner Mutter rettete uns. Sie war im Wohnzimmer und versuchte, das Satellitenfernsehen zu programmieren.

„Ich glaube, es funktioniert nicht mehr!“, rief sie.

„Was?!“ Oma war entsetzt. Sie rannte ins Wohnzimmer, um die schreckliche Wahrheit zu überprüfen. „Das gibt's doch nicht! Und was ist mit dem Krimi-Special am Wochenende? Das wollte ich doch aufnehmen!"

Ich wusste genau, wie Oma sich fühlte. Uns beiden waren die wichtigsten Dinge (oder Menschen) in unserem Leben entrissen worden – in meinem Fall meine Freundinnen und mein gesamtes Leben, in Omas Fall das Fernsehen mit seinen vielen, vielen, *vielen* Krimiserien. Oma liebt sie. Besonders *Mord ist ihr Hobby*. Angela Lansbury, die Schauspielerin, die die schreibende Detektivin Jessica Fletcher spielt, ist ihre Lieblingsschauspielerin. Keine Ahnung, warum. Ich finde es ja ein bisschen merkwürdig, dass überall, wo Jessica auftaucht, ein Mord passiert. Aber Oma findet die Serie einfach toll.

„Sieh hin und lerne, Lisa, sieh hin und lerne", sagt sie immer. Ein Wunder, dass ich es überhaupt noch schaffe, *EastEnders*, *Big Brother* oder irgendetwas anderes zu gucken, so wie Oma den Fernseher mit Beschlag belegt.

Meine Mutter war der Meinung, dass wir alle

viel zu viel fernsahen. Es gab zwar einen Fernseher in der Ferienanlage, aber Mum wollte unseren Fernsehkonsum auf ein Minimum reduzieren. „Wir sollten dort rausgehen und unter Leute kommen“, sagte sie. „Und nicht viereckige Augen vom vielen Fernsehen kriegen.“

Oma gefiel das ganz und gar nicht. Vor allem, weil das Krimi-Special genau an unserem Anreisetag begann. Das Satellitenfernsehen war ihr neues Spielzeug und ihr Lebensinhalt.

„Es tut mir leid, Mutter, aber ich werde aus diesem verdammten Ding einfach nicht schlau“, sagte Mum. „Lisa, du kannst so was besser. Komm her und sieh dir das mal an. Aber denk dran – in zehn Minuten ist Abfahrt!“

„Äh – Lisa, wir müssen jetzt los“, sagte Sophie. „Sorry.“

„Wir rufen dich an“, sagte Abby. „Versprochen.“

Ich fiel ihnen um den Hals und drückte sie ganz fest. Es würden zwei *lange* Wochen werden. Dann seufzte ich noch einmal und schlurfte ins Wohnzimmer. Sogar mein dramatischer Abschied von Sophie und Abby war mir verdorben worden.

Ein paar Stunden später kam es mir bereits so vor, als würde die Fahrt nach Smallhampton nie zu Ende gehen. Dass meine Mutter darauf bestand, die allermeiste Zeit *Bananarama*-Songs zu spielen, machte die Sache nicht gerade besser. Ich meine, wer will diesen alten Kram heute schon noch hören? Abgesehen von meiner Mutter natürlich. Sie trällerte zu *Robert De Niro's Waiting*, während sie durch einen Kreisverkehr raste, sodass Oma und ich zur Seite gedrückt wurden.

„MUM!", flehte ich.

„Oh, tut mir leid, Lisa. Wie wär's, wenn wir etwas von dir einlegen? Vielleicht eine CD von dieser Mirage Muggins? Wäre das besser? Etwas mehr im Trend?"

Also wirklich! Manchmal frage ich mich, ob meine Mutter noch richtig tickt. Besteht überhaupt noch Hoffnung für mich? Besonders wenn man bedenkt, dass ich auch mit Oma verwandt bin, die während der ganzen Fahrt leise wegen des Satellitenfernsehens vor sich hin schimpfte. Ein Glück, dass es Handys gibt. Den größten Teil der Reise verbrachte ich damit, Abby und Sophie Nachrichten wie *Hilfe!* oder *Holt mich hier raus!* zu schicken. Und die folgende Liste zu erstellen:

Zehn Gründe, warum es echt ätzend ist, mit meiner Familie in Urlaub zu fahren:

1. Die Musik im Auto. Für jeden Song von Mirage Mullins, den ich spielen darf, müssen wir einen Achtzigerjahre-Klassiker hören. Oh Mann, was würde ich für einen MP3-Player geben!
2. Alle paar Kilometer halten wir an, weil Oma aufs Klo muss oder eine Tasse Tee trinken will. Sie kontrolliert liebend gerne auf jeder einzelnen Raststätte die Sauberkeit der Toiletten. Außerdem braucht sie regelmäßig ihre Tee-Dosis. Ich habe versucht, meine Mutter darauf aufmerksam zu machen, dass ich regelmäßig eine kleine Finanzspritze brauche, aber sie ist nicht darauf eingegangen.
3. In dieser Ferienanlage sitze ich in der totalen Einöde fest – ohne Freunde und ohne Shoppingmöglichkeiten. Aaaaargh!

4. Wahrscheinlich muss ich an organisierten Freizeitaktivitäten wie Minigolf, Pfeilwerfen oder Tanzen teilnehmen. Wenn man beim Tanzkurs lernt, wie die Promis in *Let's Dance* zu tanzen, wäre das allerdings ziemlich cool. Abgesehen von den Glitzer-Trikots, die die Männer dort immer tragen müssen. Aber vermutlich wird in der Ferienanlage nur zu Achtzigerjahre-Musik getanzt, und alle laufen in unmöglichen Gymnastikanzügen mit Stulpen herum. Mum wird sich wie im siebten Himmel fühlen!
5. Die Chancen, dort einem Star über den Weg zu laufen, sind gleich Null!
6. Abby und Sophie werden jede Menge Spaß ohne mich haben. Und sexy französische Jungs kennenlernen.
7. Vielleicht wird der Urlaub sogar so langweilig, dass ich mich mit Hausaufgaben ablenken muss.
8. Ich muss Omas ständiges Gejammer wegen des verpassten Krimi-Specials ertragen.
9. Wahrscheinlich gibt es in der ganzen Ferienanlage niemanden in meinem Alter, und ich

werde mich gezwungenermaßen mit alten Damen und Pfadfinder-Jungs anfreunden.

10. Der Urlaub dauert *zwei ganze Wochen*!

Als wir endlich in der Ferienanlage ankamen, waren alle im Auto ziemlich genervt. Mum versuchte zwar, gute Laune zu verbreiten, aber selbst ihr hatten Omas Gejammer und meine abgrundtiefen, dramatischen Seufzer ein wenig zugesetzt.

Es wurde bereits dunkel, als wir das Tor passierten und den Weg zur Rezeption entlangfuhren. Ich konnte eine Menge kleiner Hütten erkennen, die ein bisschen wie Blockhäuser aussahen. Neben jeder Hütte stand ein Auto. Die Ferienanlage schien ziemlich beliebt zu sein. Ich hoffte nur, dass sie auch bei den coolen Leuten beliebt war.

Mum ging zur Rezeption, um uns anzumelden. Oma machte sich auf die Suche nach den Toiletten, und ich schlenderte zum Restaurant hinüber. Die gelben Plastikstühle und die mit Plastikfolie beschichteten Tische waren am Boden festgeschraubt und erinnerten mich an unsere Schulkantine. Ich schauderte.

Dann erblickte ich ein Plakat an der Wand, auf dem die Veranstaltungen der kommenden Woche aufgeführt waren. Ich ging näher heran, um mir die Sache genauer anzusehen. *Schlechte Nachrichten sollte man am besten gleich hinter sich bringen.*

Doch zu meiner Überraschung schien das Programm gar nicht so übel zu sein. Eine Band namens *Fusion* sollte die nächsten zwei Wochen hier spielen, und ihr Foto war ziemlich vielversprechend. Die Mädchen trugen funkige Klamotten, und einer der Jungs war richtig süß. Um seine Schultern hing eine Gitarre, und er hielt ein Mikrofon in der Hand, was total cool aussah. Er hatte dunkles Haar und strahlend blaue Augen. Ich weiß, das klingt seltsam, aber ich hatte irgendwie das Gefühl, er würde meinen Blick erwidern, als ich das Poster betrachtete.

Fusion. Der Name kam mir irgendwie bekannt vor. Hatte ich vielleicht irgendwo etwas über sie gelesen? Auf dem Poster stand, die Band wäre „jung und aufstrebend". Wäre es nicht toll, wenn ich sie spielen sah, kurz bevor sie den Durchbruch schafften und superberühmt wurden?!

„Lisa? Lisa! Ach, da bist du ja!“ Mum betrat das Restaurant. „Komm, ich hab die Schlüssel. Wir haben Nummer zweiundvierzig. Wo ist deine Großmutter?“

„Auf dem Klo“, sagte ich automatisch und folgte Mum nach draußen. Wenn eine coole Band wie *Fusion* hier herumhing, würde dieser Urlaub vielleicht doch nicht so langweilig werden …

Zweites Kapitel

Leider hatte Mum an der Rezeption erfahren, dass am nächsten Abend ein Karaoke-Wettbewerb in der Bar stattfinden sollte, und sich gleich dafür angemeldet. Das verkündete sie an unserem ersten Morgen beim Frühstück. „Ich dachte, ich könnte vielleicht mit *Holiday* von Madonna anfangen – ihr wisst schon, weil wir hier gerade Ferien machen. Dann kommt ein Song von *Bananarama.* Welcher, weiß ich noch nicht. Und als Abschluss singe ich *Lady in Red.* Was haltet ihr davon?“

Ich sah sie entsetzt an. „Das ist nicht dein Ernst, oder? Du willst mich tatsächlich gleich am ersten Abend total blamieren? Vor allen Leuten?“

„Jetzt komm schon, Lisa“, sagte meine Mutter. „Das wird bestimmt lustig!“

Ich brauchte dringend frische Luft. Die Hütte war zwar ganz in Ordnung – ich hatte glücklicherweise ein eigenes Zimmer, und selbst Oma hatte nichts an der Sauberkeit unserer Unterkunft auszusetzen (und das will schon was heißen!) –, aber ich hielt es keine Minute länger mit meiner verrückten Familie aus. Ich beschloss, in den Laden zu gehen und das Zeitschriftenangebot zu überprüfen. Ich hoffte inständig, dass sie ein paar Promi-Zeitschriften hatten. Ich brauchte jetzt dringend etwas, das mich von dem schrecklichen Gedanken an meine singende Mutter ablenkte.

Es war ein schöner Tag, und ich war trotz allem halbwegs gut gelaunt, als ich mich auf den Weg zum Laden machte. Ich hatte zwar noch niemanden in meinem Alter gesehen, aber es konnten schließlich nicht alle Urlauber in der Anlage Großmütter und Achtzigerjahre-Fans sein. Oder?!

Der Laden war ziemlich gut sortiert. Ich blätterte gerade eine der Zeitschriften durch, als die Tür aufging und ein paar junge Leute hereinkamen. Ein Mädchen zwängte sich an mir vorbei, und ich sah auf.

Es war ein Bandmitglied von *Fusion*! Sie hatte blonde Haare mit Strähnchen und trug ein grün-pinkfarbenes Kleid über einer Baggy-Jeans, dazu ein Paar leuchtend rote Clogs. Es sah irgendwie seltsam aus, aber auf eine coole Art. Ein bisschen wie Sophie. Vielleicht war das auch der Grund, warum ich das Mädchen, ohne großartig darüber nachzudenken, mit einem freundschaftlichen „Hi!" begrüßte.

„Äh – hi!", antwortete sie, während sie sich offensichtlich fragte, ob sie mich kannte.

„Tja, also … ich hab dich gestern Abend auf einem Poster gesehen", stammelte ich. „Du bist in dieser Band, oder?"

„Ja." Sie lächelte. „Das stimmt. *Fusion*. Ich heiße Ella."

„Ich bin Lisa", stellte ich mich vor.

„Hey, ist das die Ausgabe mit der Hochzeit von Chad und Cheryl?" Sie deutete auf die Zeitschrift in meiner Hand.

„Ja." Ich zeigte ihr den Artikel. „Unglaublich, dass Chad einen pinkfarbenen Anzug und ein schwarzes T-Shirt getragen hat! Ich meine, er sieht einfach furchtbar aus! Wie kann so ein süßer Typ auf seiner eigenen Hochzeit so schrecklich aussehen?"

„Ich weiß genau, was du meinst", sagte Ella. „Cheryl sieht ganz okay aus, aber sind dir ihre Brautjungfern aufgefallen? Ich meine – hallo?! Warum tragen sie *Orange*?"

„Na ja, Orange bedeutet so viel wie: Schau nicht mich an, sondern die Braut! Das ist allgemein bekannt", erklärte ich fachmännisch. Ich hatte schließlich nicht umsonst den größten Teil meines bisherigen Lebens damit verbracht, Hochglanzmagazine zu lesen.

Ella lachte. In diesem Moment schrie ein anderes Mädchen direkt in mein Ohr: „Hi! Ich bin Laura!" Sie hatte sehr langes, dunkles Haar, das sie als Pferdeschwanz trug, und eine wahnsinnig laute Stimme.

„Äh – hi!" Ich zuckte leicht zusammen und rückte ein Stück von ihr ab. „Ich bin Lisa."

„Hi, Lisa!", brüllte sie und warf ihren Pferdeschwanz über die Schulter zurück. „Bist du schon lange hier?"

„Nein, wir sind gestern Abend erst angekommen." Ich wollte einen Schritt nach hinten machen, damit mir nicht das Trommelfell platzte. Prompt stieß ich gegen den Zeitungsständer.

„Wir auch." Ella gähnte und lächelte mir zu. „Wir treten hier die nächsten zwei Wochen auf. Ich kann echt nicht glauben, dass wir das tatsächlich tun, aber unser Manager meinte, es wäre eine gute Werbung für die Band. Und Mike schien auch unbedingt herkommen zu wollen." Sie nickte zum hinteren Teil des Ladens hinüber, wo sich offenbar irgendwo dieser Mike befand.

„Wahnsinn – ihr habt sogar einen Manager!", rief ich, was natürlich total uncool war. „Dann seid ihr also so was wie berühmt? Könnte über euch auch etwas in einer dieser Zeitschriften stehen?"

„Noch nicht!", brüllte Laura. „Aber hoffentlich bald!" Sie grinste mir zu und ich grinste leicht verunsichert zurück. *Warum brüllte sie so?*

„Nimm es Laura nicht übel, sie schreit immer so", sagte Ella leise zu mir. „Sie ist unsere Schlagzeugerin und ein bisschen schwerhörig."

„Was?", rief Laura.

In diesem Moment setzte mein Herzschlag für

eine Sekunde aus. Der süße Junge vom Poster kam direkt auf uns zu.

„Hey, was geht ab?“, fragte er. Er trug ebenfalls Baggy-Jeans und sehr coole Turnschuhe. Sein blaues T-Shirt passte perfekt zur Farbe seiner Augen. Er war einfach zum Anbeißen!

„Das ist Lisa“, stellte mich Ella vor. „Sie ist auch gestern erst angekommen, genau wie wir. Lisa, das ist Mike. Er spielt Gitarre und singt.“

Ich schluckte. Dann schoss meine Hand vor, ohne dass ich etwas dagegen tun konnte.

Mike lächelte, zog eine Augenbraue hoch und schüttelte langsam meine Hand. „Hi“, sagte er. „Freut mich, dich kennenzulernen.“

„Und mich erst“, quetschte ich hervor. „Wahnsinn. Mike. Ist das die Abkürzung für Michael?“

Hör auf, Lisa! Halt sofort die Klappe! Langweiliger geht's ja kaum! So schaffst du es nie, einen süßen Jungen wie Mike zu beeindrucken!

Zum Glück lachte er. „Ja, genau. Aber sogar meine Mutter nennt mich inzwischen Mike.“

Wahnsinn, seine Augen sind einfach der Hammer!, schoss es mir durch den Kopf. Ich starrte ihn an wie das achte Weltwunder, bis mir plötzlich ein schrecklicher Gedanke kam: *Warum hab ich heute früh bloß meine ältesten Shorts angezogen? Ich muss furchtbar aussehen!*

„Hey, hör zu", sagte Ella. „Heute ist unser erster Abend hier, darum wollen wir nach unserem Auftritt ein bisschen feiern. Jetzt müssen wir zur Probe, aber wir könnten uns doch später treffen."

„Was?", fragte ich zerstreut, während ich immer noch Mike anstarrte. „Oh, klar, cool. What's the plan, Stan?"

„Wir spielen im American Diner!", schrie Laura. „Du weißt schon, das liegt gleich neben dem Restaurant mit den gelben Stühlen! Nach unserem Auftritt gibt's Hamburger mit Pommes, und wir tanzen alle wie in *Grease*!" Sie begann, ziemlich albern herumzuhüpfen. Aber selbst dabei sah sie noch cool aus. Wenn man in einer Band spielte, war man vielleicht automatisch cool, ganz egal, was man tat.

Elle lächelte mir zu, und Mike zog wieder eine Augenbraue hoch.

„Super!", sagte ich. „Dann bis später."

Wow! Ich traf mich heute Abend mit einer Band, die beinahe berühmt war!

Nachdem ich mich zehnmal umgezogen hatte, war ich immer noch nicht zufrieden mit meinem Aussehen. Ich hatte Abby und Sophie Fotos von mir in verschiedenen Outfits geschickt. Sophie hatte mir ein paar ziemlich gute Stylingtipps gegeben, aber ich war noch nicht so richtig überzeugt. Ich wollte unbedingt cool aussehen, um die Band zu beeindrucken.

Vorher hatte ich den Computerraum der Ferienanlage ausfindig gemacht, sodass ich Sophie und Abby von den neuesten Ereignissen berichten konnte. Außerdem hatte ich ein bisschen im Internet über *Fusion* recherchiert.

Miss.Neugierig: Wisst Ihr was?
Sahneschnitte: Was?
Modepolizei: Deine Frosch-Gummistiefel kommen total gut an?
Miss.Neugierig: Nein … aber das werden sie bestimmt, wenn ich sie erst mal getragen

habe. Nein, hier ist eine Band namens *Fusion*. Die Bandmitglieder sind echt cool, und der Sänger ist total süß. Ich treffe mich heute Abend mit ihnen im American Diner!

Sahneschnitte: Ist nicht wahr!

Miss.Neugierig: Au contraire, mon frère. Schaut mal im Internet nach, sie haben eine eigene Homepage.

Modepolizei: Ella hat einen tollen Modestil.

Miss.Neugierig: Und sie ist total nett. Ich kann einfach nicht glauben, dass ich mich nachher mit ihnen treffe! Sie sind praktisch berühmt!

Sahneschnitte: Es ist alles genauso wie bei der Geschichte mit Mirage Mullins.

Modepolizei: Ja, aber diesmal gibt's kein Geheimnis aufzuklären, oder?

Miss.Neugierig: Tja, also, lass mich überlegen ... Wie kommt es, dass Mike so wahnsinnig süß ist?!!!

Mum und Oma waren leider keine große Hilfe. Mum konnte einfach nicht glauben, dass ich den

Moment ihres Ruhmes, wie sie es nannte, nicht miterleben wollte.

„Die Leute werden vor Überraschung von ihren Stühlen fallen, Lisa. Hier weiß schließlich niemand, dass ich in einer professionellen Bananarama-Coverband singe!“, erklärte mir Mum aufgeregt, während sie ihr Kostüm anzog – eine Latzhose! Was sollte man dazu noch sagen?

„Dein Auftritt wird bestimmt super, Mum. Aber diese Band ist total cool und die Leute sind sehr nett. Außerdem sind sie die Einzigen, die ich hier bisher kenne. *Bitte*, Mum!“

„Na gut, von mir aus.“ Meine Mutter seufzte. „Aber willst du wirklich so losgehen?“

Das musste sie gerade sagen! Ich antwortete nicht, sondern wandte mich an meine Großmutter. „Auf geht’s, Oma. Ich bring dich auf dem Weg bei Blockhaus Nummer siebenundzwanzig vorbei.“

Oma hatte im Lauf des Tages ebenfalls soziale Kontakte geknüpft. Die Fernbedienung für unseren Fernseher war auf geheimnisvolle Weise verloren gegangen. (Meine Mutter ist wirklich eine schlechte Lügnerin!!!) Aber Oma hatte ein paar

Leute kennengelernt, die einen funktionierenden Fernseher besaßen, und sich für den Abend bei ihnen eingeladen.

„Vielen Dank, Schätzchen." Oma zog ihren Regenmantel an, obwohl keine einzige Wolke am Himmel zu sehen war. „Dann nichts wie los. Es ist gleich sieben."

„Um zehn bist du wieder hier, okay, Lisa?", rief meine Mutter mir nach.

„Alles klar, Mum", rief ich zurück und ergriff mit Oma die Flucht.

Als ich das American Diner betrat, blieb ich einen Moment in der Tür stehen und hielt verzweifelt nach der Band Ausschau. Am liebsten wäre ich sofort wieder umgekehrt. Im Diner war jede Menge los, aber ich kannte niemanden. Ich war mir sicher, dass alle mich anstarrten und über mich lachten.

Ich beschloss, zur Theke zu gehen und mir etwas zu trinken zu bestellen. Vermutlich würde ich mich ein paarmal auf meinem Barhocker im Kreis drehen, bevor ich mutterseelenallein zurück zu Nummer 42 gehen würde.

„Hi … äh … eine Limonade bitte“, sagte ich zu dem Mädchen hinter der Theke. Sie trug ein knallgelbes Shirt. Das Gelb war so intensiv, dass es mir fast in den Augen wehtat. Sophie würde es vermutlich mit Türkis kombinieren. Plötzlich bekam ich furchtbare Sehnsucht nach meinen Freundinnen. Ich holte mein Handy heraus, um ihnen eine SMS zu schreiben.

„Hi, Lisa!“, rief eine Stimme direkt neben mir.

Ich zuckte zusammen und warf beinahe das Glas um, das die Bedienung neben mich auf die Theke gestellt hatte. „Oh, hi Laura“, sagte ich.

Hinter mir waren die Bandmitglieder mit ihren Instrumenten aufgetaucht. Mike sah mal wieder zum Anbeißen aus. Diesmal trug er ein grünes T-Shirt. Ella und Laura waren total cool geschminkt, und Laura trug ihr Haar zu kleinen Zöpfen geflochten. Es war noch ein Junge dabei.

„Lisa, das ist Sean“, sagte Mike. „Er spielt auch Gitarre.“

„Hi, Lisa“, sagte Sean so leise, dass ich mich auf meinem Barhocker gefährlich weit nach vorne lehnen musste, um ihn zu verstehen.

„Hi, Sean." Ich lächelte ihm zu. Dann verlor ich das Gleichgewicht und rutschte vom Barhocker.

Zum Glück hielt mich Mike am Ellbogen fest, sodass ich nicht auf dem Boden landete. Stattdessen gaben meine Beine unter mir nach, und ich schwankte wie ein betrunkener Seemann, während ich „Verflixt und zugenäht!" rief. Genau: *verflixt und zugenäht.* Uncooler ging's ja wohl nicht! Ich konnte Mike kaum in die Augen sehen. *Très* peinlich!

„Alles in Ordnung, Lisa?" Er hielt mich immer noch fest.

„Äh … j…ja, e…es geht schon, danke. Tut mir leid", stammelte ich und versuchte, mein Gleichgewicht wiederzufinden und mich wie ein normaler Mensch zu benehmen.

„Prima. Wir müssen jetzt auf die Bühne, also bis später, okay?", sagte Mike.

Ella lächelte und hakte sich bei mir ein. „Komm, wir haben dir einen Platz reserviert." Sie führte mich zu einem Tisch weiter vorne im Restaurant, gleich neben der Bühne.

„Jools, das ist Lisa. Lisa, das ist Jools", brüllte Laura. Jools war ungefähr so alt wie meine Mutter.

Er trug einen Anzug, und vor ihm auf dem Tisch lagen eine Aktentasche und jede Menge Papierkram. „Jools ist unser Manager."

„Oh – äh, hi", sagte ich.

„Kümmere dich ein bisschen um Lisa, okay, Jools?" Mike zwinkerte mir zu, bevor er mit Sean zur Bühne ging.

„Natürlich." Jools rutschte ein Stück zur Seite, damit ich mich neben ihn setzen konnte. „Hallo, Lisa!"

Ich wusste sofort, dass Jools in Ordnung war. Ich ließ mich neben ihm nieder, grinste wie ein kompletter Idiot und dachte: *Mike hat mir zugezwinkert! Er hat mir tatsächlich zugezwinkert!*

Dann holte ich mein Handy heraus.

Abby: Wie läuft's mit dem Traumboy?

Ich: Mike hat mir zugezwinkert! ;-)

Abby: Echt? Er steht auf Dich!!!

Ich: Hoffentlich. Er ist einfach zum Anbeißen!

Abby: Er steht garantiert auf Dich!!!

Ich: Hihi!

Abby: Amüsier Dich gut!

Ich: Muss Schluss machen. Das Konzert fängt an! :-)

Fusion war einfach klasse! Sie spielten nur drei oder vier Songs, aber am Schluss waren alle hin und weg. Das Publikum klatschte und jubelte wie verrückt. Laura war eine super Schlagzeugerin, und Ella legte am Bass ordentlich los. Sean war ebenfalls prima. Aber Mike – oh, Mike! Er hatte so eine tolle Stimme! Ganz ehrlich, es war besser als in all diesen Casting-Shows! Es klang, als würde er wirklich meinen, was er sang – auch wenn der Song nur davon handelte, dass er sein Zimmer aufräumen musste. Und er sah mich beim Singen ständig an. Es war sooo cool!

Nach dem Konzert verließen die Bandmitglieder die Bühne und setzten sich wieder zu mir und Jools. Auf dem Weg zu unserem Tisch wurden sie von vielen Leuten angesprochen, darunter auch einige ziemlich hübsche Mädchen. Sie fuhren sich ständig durch die Haare, während sie sich mit Mike unterhielten. Ich tat so, als würde ich nicht hinsehen.

„Und? Wie hat's dir gefallen?", rief Laura.

„Ihr wart super!", antwortete ich. „Schreibt ihr die Songs eigentlich selbst?"

„Ja, Mike und ich haben die meisten Songs geschrieben", erklärte Ella. „Laura und Sean sind für die musikalische Umsetzung zuständig."

Ich nickte eifrig, während ich verstohlen Mike beobachtete. „Das ist toll! Als ich mal mit Mirage Mullins hinter der Bühne stand, hat sie eine Melodie gesummt, die ihr gerade eingefallen war …"

„Du kennst Mirage Mullins?" Ella schnappte nach Luft. „Ich bin ein riesengroßer Fan von ihr!"

„Tja, also, das ist eine lange Geschichte. Meine Freundinnen und ich haben ihr mal aus der Klemme geholfen. Sie ist echt nett."

„Wer ist nett?", wollte Mike wissen, der plötzlich neben uns aufgetaucht war.

„Mirage Mullins", antwortete Sean. „Lisa ist mit ihr befreundet."

„Na ja", sagte ich. „So gut kenne ich sie nun auch wieder nicht. Ist auch egal. Erzählt mir lieber, wie ihr euch kennengelernt habt. Seid ihr zusammen zur Schule gegangen?"

„Genau!“, schrie Laura. „Wir waren alle in einer Klasse. Und vor zwei Jahren haben wir einen neuen Musiklehrer bekommen. Er war einfach toll!“

„Er ließ uns moderne Songs spielen. Statt *Raindrops Keep Falling on My Head* sangen wir Songs von *Coldplay*, das war echt cool.“ Mike setzte sich zu uns und erzählte die Geschichte weiter. (Insgeheim war ich ziemlich froh darüber, denn man hält es nur eine begrenzte Zeit aus, angeschrien zu werden – auch wenn Laura es nicht böse meinte.)

„Außerdem ermutigte er uns, unsere eigene Musik zu schreiben“, erzählte Ella.

„Wow, was für ein cooler Lehrer! So jemanden könnten wir an unserer Schule auch gebrauchen“, sagte ich neidisch. Nicht dass ich irgendein Instrument spielen konnte. Trotzdem fand ich es toll, wenn ein Lehrer die Begabungen seiner Schüler förderte. Vielleicht sollte sich der Musiklehrer von Ella und den anderen mal mit Doktor Lord unterhalten …

„Leider verließ er die Schule nach einem Jahr wieder, um selbst ins Musikbusiness einzusteigen“, sagte Mike.

„Aber zu der Zeit hatten wir schon die ersten Songs zusammen geschrieben“, erzählte Ella. „Wir haben ein Demo-Tape an seine Plattenfirma geschickt.“

„Er ließ seine Kontakte spielen und wir bekamen einen Plattenvertrag!“, schrie Laura.

Jools lachte. „Ihr habt wirklich Glück gehabt. Die Demo-Tapes der meisten Bands liegen monatelang auf irgendeinem Schreibtisch herum. Aber Gary bestand darauf, dass wir euch eine Chance geben. Zum Glück haben wir auf ihn gehört!“

In diesem Moment kam ein Mädchen in einem gelben Shirt an unseren Tisch und nahm die Bestellungen auf. Die Band war total aufgekratzt nach dem Gig, und nachdem die Bedienung jede Menge Burger und Getränke gebracht hatte, diskutierten sie stundenlang jedes Detail ihres Auftritts. Waren sie an der einen Stelle zu schnell gewesen? Hatte Ella an einer anderen Stelle zu früh eingesetzt? Ich saß einfach nur da, hörte zu und warf Mike verstohlene Blicke zu. Hin und wieder sah er mich ebenfalls an. Dann schaute ich schnell wieder weg und versuchte, nicht rot zu werden. Es fiel mir nicht leicht, mich darauf zu konzentrieren, halbwegs elegant meinen Burger zu essen. Zumal man einen Burger eigentlich sowieso nicht elegant essen kann, weil immer alles an den Seiten herausquillt, wenn man hineinbeißt.

„Sorry, Lisa, das muss echt langweilig für dich sein", sagte Ella plötzlich.

„Im Gegenteil, ich finde das alles total interessant. Ich wette, die Beatles haben sich auch immer so unterhalten."

Die Bandmitglieder starrten mich an. Ich merkte, wie ich rot anlief. *Was redete ich da für einen Unsinn?*

Aber dann lachte Mike, und die anderen fielen ein. Puh! „Na ja, noch sind wir nicht ganz so berühmt wie die Beatles, aber es ist ein lustiger Gedanke, dass sie vielleicht die gleichen Probleme hatten wie wir", sagte er.

In diesem Moment dachte ich, mein Handy würde vibrieren. Bestimmt eine Nachricht von Abby oder Sophie! Doch als ich das Handy hervorzog, war das Display leer – abgesehen von der Uhrzeit. „Oh nein!", rief ich. „In zehn Minuten muss ich zu Hause sein, sonst bringt meine Mutter mich um!"

„Wohnst du in einer der Blockhütten?“, fragte Mike.

„Ja, wir haben Nummer 42.“ Ich griff nach meinem Mantel und rutschte von der Bank.

„Ich bring dich nach Hause“, sagte Mike.

Die anderen warfen sich bedeutungsvolle Blicke zu.

„Ich … äh … muss sowieso noch telefonieren“, fügte Mike schnell hinzu und wurde ein bisschen rot. „Und hier drinnen ist es zu laut.“

Er wollte mich begleiten!!! „Äh – cool. Prima. Okay, also … vielen Dank für die Einladung. Ihr wart super! Bis dann!“, verabschiedete ich mich von den anderen.

„Tschüss, Lisa!“, riefen Ella und Laura.

Dann verließ ich mit Mike das Diner. Als wir an der Karaoke-Bar vorbeikamen, drang der Refrain von *Lady in Red* zu uns heraus – gesungen von einer trällernden, mir sehr vertrauten Stimme.

„Tja … also, Mike, wer ist eigentlich dein Lieblingsstar?“, fragte ich schnell.

Mike blieb stehen, um zuzuhören. „Wow, die Sängerin gibt wirklich alles, was?“ Er lachte.

„Ja … aber wir waren gerade bei deinen Lieblingsstars. Fällt dir jemand ein?“ Ich zog ihn weiter, bis wir außer Hörweite waren. Der Song war gleich zu Ende, und ich wollte auf keinen Fall, dass Mum uns in die Arme lief.

„Also … keine Ahnung …“, sagte Mike. „Ich glaube nicht, dass ich einen Lieblingsstar habe, aber ich mag eine Menge Bands, zum Beispiel *The Blue Fish* oder *Lightning*.“

„Aha. Du magst also Meerestiere und Gewitter“, stellte ich fest. „Dann bist du bestimmt Sternzeichen Fische, oder?“

Mike lachte. „Nein, ich bin Löwe. Aber ich sehe schon, du bist eine echte Expertin, wenn es um Astrologie geht, was?“

„Tja, da könntest du recht haben“, gab ich zurück.

Schnell! Denk dir noch etwas aus, das ihn zum Lachen bringt!! Mist! Zu spät!

Nummer 42 tauchte vor uns auf. „Da wären wir. *Chez moi.*“ Mein Herz klopfte wie verrückt. Ein Junge hatte mich nach Hause gebracht!!! Und dieser Junge sah auch noch verdammt gut aus!!!

Wir standen vor der Tür, ich im hellen Licht der Außenlampe, er geheimnisvoll im Schatten. Ich hatte keine Ahnung, was ich jetzt tun sollte.

Da klingelte Mikes Handy, und er ging ran. „Hi! … Warte mal eine Sekunde." Er wandte sich an mich. „Wir sehen uns morgen, okay? Wahrscheinlich sind wir so gegen elf am Pool und gehen dann irgendwo was essen."

„Prima!" Meine Antwort kam viel zu schnell. „Klingt gut. Dann bis morgen!"

Kaum hatte ich die Hütte betreten, zog ich mein Handy hervor und schrieb eine SMS an Abby und Sophie:

Ich: M hat mich nach Hause gebracht!

Abby: Ist nicht wahr!!!

Ich: Au contraire. Er ist so süß!

Sophie: Coolissimo!!! Das klingt nach echter Liiieeebe!

Ich: Hoffentlich!

Abby: Schlaf gut, träum süß und lass Dich nicht von Amors Pfeilen pieksen!

Ich: Haha. :-)

Drittes Kapitel

Am nächsten Morgen war ich ausgesprochen gut gelaunt. Genauso wie Mum und Oma.

„Mum, ich gehe zum Pool, und dann esse ich mit der Band zu Mittag. Kannst du mir bitte ein bisschen Geld geben?“, fragte ich, um den günstigen Moment zu nutzen.

„Ich bin wirklich froh, dass du so schnell Freunde gefunden hast, Lisa“, sagte Mum. „Ich habe gestern Abend übrigens auch eine sehr nette Frau kennengelernt. Sie heißt Sally und ist großer *Bananarama*-Fan – genau wie ich! Wir gehen nachher zusammen zum Aerobic. Ruf mich einfach an, wenn du irgendetwas brauchst.“

Prima! Meine Mutter würde mit ihrer neuen besten Freundin beschäftigt sein. Es ging bergauf!

„Ich bin heute wieder in Nummer siebenundzwanzig“, teilte uns Oma mit. „Martha und Frank haben mich zu einer Tasse Kaffee und einer Partie Cluedo eingeladen – zusammen mit einem Herrn, der angeblich sehr charmant sein soll. Sein Name ist Gerry, soviel ich weiß.“ Sie kicherte, als sie ihren Regenmantel anzog.

Meine Großmutter hatte ein Date! Quelle horreur! Was, wenn sie sich Hals über Kopf verliebte und diesen Gerry heiratete? Vermutlich würde ich dann die Brautjungfer spielen müssen, und Oma würde ein wallendes Kleid tragen, in dem sie wie ein Baiser aussah. Sie und Gerry würden weit weg wohnen, ich würde Oma nur noch ganz selten sehen, und Gerrys Enkel würden all ihre Aufmerksamkeit bekommen. Andererseits war dieser Gerry vielleicht wirklich ganz nett – Oma schien jedenfalls ziemlich aufgeregt zu sein. Wenn er sie glücklich machte, warum nicht? Ich hoffte nur, dass er keinen spitzen Schnurrbart hatte, so wie Hercule Poirot.

Nachdem Oma zu ihrem romantischen Rendezvous aufgebrochen war, machte ich mich auf den

Weg zu meinem. Obwohl von Romantik eigentlich keine Rede sein konnte. Ich traf mich schließlich nur mit der Band, oder? Mit der Band, der zufälligerweise der süßeste Junge angehörte, den ich in meinem ganzen Leben getroffen hatte.

Als ich zum Pool kam, waren die anderen schon da. Mike und Sean alberten auf dem Sprungbrett herum. Mike sah einfach toll aus – sogar, als er so tat, als würde er ins Wasser fallen.

Laura und Ella lagen neben dem Pool. Ich setzte mich zu ihnen.

„Hi, Lisa!", begrüßte mich Ella. Sie trug einen sehr coolen braunen Kaftan, ein dazu passendes Kopftuch und eine riesige Sonnenbrille. Es war eigentlich ziemlich sinnlos, dass sie sich in die Sonne legte, da sie von Kopf bis Fuß in Stoff gehüllt war.

„Hi", sagte ich und versuchte mich so hinzusetzen, dass ich auf Mike möglichst verführerisch wirkte. (Beine angewinkelt oder ausgestreckt? Auf dem Rücken liegen oder aufrecht sitzen? So viele Entscheidungen! Ich entschied mich für eine aufrechte Sitzposition mit einem angewinkelten Bein und eingezogenem Bauch.)

Laura hörte Musik mit ihrem MP3-Player. Sie hatte sich quer über den Kopf Zöpfe geflochten, was ziemlich merkwürdig aussah. Also verquatschte ich den Vormittag mit Ella, während wir den Jungs dabei zusahen, wie sie im Pool herumtobten. Es stellte sich heraus, dass wir eine Menge gemeinsam hatten. Ich vergaß sogar beinahe, Abby und Sophie zu vermissen – bis ich eine SMS bekam:

Sophie: Wie geht's Dir? Hier ist es heiß! Keine süßen French Boys in Sicht.
Ich: Alles prima. Ella ist supernett. M ist süüüß!
Sophie: Wir vermissen Dich! Freunde dich bloß nicht mit Ella Propella an!
Ich: Haha, sehr komisch! Vermisse Euch auch. Ihr seid immer noch die Besten!
Sophie: Das will ich hoffen! X
Ich: Muss jetzt los. Schwimmen mit M!!! X

Wir planschten im Pool herum und hatten jede Menge Spaß. Mike jagte mich und versuchte, mich unterzutauchen. Er sah zum Anbeißen aus mit seinen nassen Haaren. Und er trug eine sehr coole Halskette – angeblich hatte er sie noch kein einziges Mal abgenommen, seit er sie letztes Jahr aus Mexiko mitgebracht hatte.

Nach einer Weile begann peinlicherweise mein Magen laut zu knurren. Zum Mittagessen gingen wir in das Restaurant mit den gelben Stühlen. Auch hier trugen die Angestellten gelbe T-Shirts. Ich beneidete Ella um ihre große Sonnenbrille, denn das viele Gelb war kaum zu ertragen. Mike trug auch keine Sonnenbrille. Er hatte seine letzte Woche kaputt gemacht, als er sich versehentlich draufgesetzt hatte. Während er das erzählte, versuchte er ständig, Ella ihre Sonnenbrille zu stibitzen.

„Hör auf damit!“, schrie Laura, nachdem Mike versehentlich den Essig umgestoßen hatte, der sich daraufhin über ihren Teller ergoss. Ein Schrei von Laura klang natürlich ungefähr hundertmal lauter als bei anderen Menschen. Es wurde plötzlich ganz still im Restaurant. Alle starrten zu unserem Tisch hinüber. Wir kicherten wie die Verrückten.

„Tut mir leid, Laura." Mike machte ein schuldbewusstes Gesicht und sah Laura mit großen Hundeaugen an. „Kannst du mir noch einmal verzeihen?"

„Nur, wenn ich deine Pommes frites bekomme", sagte sie.

Mike stieß einen theatralischen Seufzer aus. „In Ordnung. Nimm ruhig mein Essen. Ich brauche es nicht. Ich bin schließlich nur ein Junge im Wachstum."

„Ja, und diese fünf restlichen Pommes machen natürlich einen riesigen Unterschied", sagte ich.

„Ihr kennt die Schuldige, wenn ich heute Abend auf der Bühne vor Hunger in Ohnmacht falle", gab Mike zurück und legte die Hand an seine Stirn, als wäre er die Hauptdarstellerin in einem alten Kostümfilm.

Sean lachte. „An dem Tag, an dem du vor Hunger in Ohnmacht fällst, werden wir eine Volksmusik-Coverband!"

Ich schauderte. Der Ausdruck Coverband erinnerte mich automatisch an meine Mutter. „Wie seid ihr eigentlich auf den Namen *Fusion* gekommen?", fragte ich schnell, um das Thema zu wechseln.

„Das Wort gefiel uns einfach", antwortete Ella. „Es kam im Physikunterricht vor und bedeutet soviel wie Verschmelzung. Auch wenn Jools meint, wir sollten uns eine coolere Geschichte überlegen, damit er sie auf unsere Homepage stellen kann."

„Stimmt, im Moment gibt's da nicht besonders viele Infos über euch", sagte ich und wurde rot.

HI, ICH BIN LISA, EURE NEUE STALKERIN. BIN ICH NICHT WAHNSINNIG COOL?

Mike sah mich an. „Du warst auf unserer Homepage?", fragte er. „Was hältst du von dem beweglichen Logo oben auf der Seite?"

Ich machte ein dummes Gesicht. *Welches Logo?*

„Du weißt schon, die beiden Tropfen, die sich verbinden. Das sollen zwei Atome sein, die miteinander verschmelzen", erklärte Sean.

„Ach so, das Logo meinst du", sagte ich. „Tja, ist nicht schlecht ..."

„Siehst du? Ich hab dir doch gleich gesagt, das Logo ist Mist", sagte Mike zu Sean. „Kein Mensch kapiert, was das sein soll."

„Dann mach doch einen besseren Vorschlag, du Klugscheißer!“, gab Sean zurück.

„Hört auf zu streiten, Jungs“, mischte sich Ella ein. „Wir müssen die Webseite sowieso neu gestalten. Warum überlegen wir uns jetzt nicht gemeinsam, wie sie aussehen könnte?“

Plötzlich hatte ich eine Idee. „Was haltet ihr von einem Blog?“, platzte ich heraus.

Die anderen sahen mich an.

„Ihr wisst schon, ein Internet-Tagebuch. Ihr könnt hineinschreiben, was ihr in letzter Zeit so gemacht habt und wie eure Pläne aussehen. Dann sind eure Fans immer auf dem Laufenden. Das ist gerade total in. Alle Promis haben Blogs – obwohl sie sie vermutlich meistens von ihren PR-Leuten schreiben lassen. Aber ihr seid echt cool, und die Leute würden es bestimmt toll finden, ein bisschen an eurem Leben teilzuhaben. Außerdem könntet ihr sie dadurch auf eure Musik aufmerksam machen …“ Ich verstummte. Was redete ich da eigentlich?

Doch die anderen nickten. „Das ist eine tolle Idee, Lisa“, sagte Mike.

Ich wurde rot und grinste. *Mike fand meine Idee toll!!!*

„Stimmt." Ella war plötzlich ganz aufgeregt. „Wir könnten darüber schreiben, wie alles begann. Und über unser neues Album. Und darüber, was wir machen, wenn wir hier fertig sind."

Wenn wir hier fertig sind. Einen Moment lang war ich traurig. Sie würden fortgehen. Genauso wie ich.

Ich hatte gerade begonnen, mich wie ein Teil ihrer Gruppe zu fühlen. Aber das war ich nicht. Sie waren *Fusion*, eine coole Band, und ich war nur Lisa Parker, ein normales Schulmädchen, das manchmal mit Stars herumhing.

„Hey, Lisa!", sagte Mike. „Wie wär's, wenn wir in den Computerraum gehen und du uns ein paar Webseiten zeigst, die dir gefallen? Du bist schließlich die Expertin!"

Okay, er hielt mich offenbar für einen durchgeknallten Fan. Aber es würde noch schlimmer kommen. Was würde Mike erst denken, wenn ich mich als Miss.Neugierig einloggte? Ich durfte gar nicht daran denken …

„Du siehst heute Morgen ja richtig vergnügt aus, Lisa“, stellte Oma fest, als ich am nächsten Tag zum Frühstück in die Küche kam.

„Ich hatte gestern auch einen richtig tollen Tag!“ Ich ließ mich neben Oma aufs Sofa fallen. „Die Leute von *Fusion* sind echt cool und supernett. Ich hab ihnen dabei geholfen, neues Material für ihre Webseite herauszusuchen. Und ihr Auftritt abends war wieder total genial.“

„Ich bin wirklich froh, dass du hier so viel Spaß hast. Deine Mutter und ich hatten schon befürchtet, du würdest die ganze Zeit nur Trübsal blasen und deine Freundinnen vermissen.“ Oma widmete sich wieder ihrem Miss-Marple-Krimi, während mir beinahe das Herz stehen blieb vor Schreck. Abby und Sophie! Die hatte ich ja total vergessen! Ich hatte ihnen seit einer halben Ewigkeit keine SMS mehr geschickt! Schnell griff ich nach meinem Handy.

Ich: Ferien sind super!! Wie geht's Euch?
Sophie: Keine Promis in Sicht. ☹ Wie läuft's mit dem süßen Sänger?

Ich: Er ist sooo süß!!! Schaut euch die neuen Fotos und den Blog auf der Website an!
Abby: Wir sind eifersüchtig auf Deine neuen Promi-Freunde.
Ich: Unsinn! Ihr 2 seid die Besten!! Amüsiert Euch gut bei den Franzosen!!

Ich liebe Abby und Sophie heiß und innig, und es tat mir wirklich leid, dass sie nicht so viel Spaß hatten wie ich. Aber trotzdem war ich wahnsinnig froh, dass sich meine Ferien so toll entwickelten!

Ich hatte mich mit den anderen wieder am Pool verabredet. Sie hatten ein paar Stunden Freizeit, bevor eine weitere Bandprobe stattfinden sollte, die Jools angesetzt hatte. Meiner Meinung nach klang die Band ja schon absolut fantastisch, aber Jools fand, dass man als aufstrebende Band gar nicht genug proben konnte. Diese zwei Wochen sollten so etwas wie Ferien für die Bandmitglieder sein und ihnen gleichzeitig die Möglichkeit geben, regelmäßig live vor Publikum zu spielen. Jools hingegen arbeitete die ganze Zeit. Er telefonierte herum, um Interviews für *Fusion* zu organisieren, und machte andere Manager-Sachen. Für ihn waren es also nicht wirklich Ferien, aber vermutlich wurde er genau dafür bezahlt. Es war schließlich seine Aufgabe, *Fusion* zum Durchbruch zu verhelfen.

Diesmal alberte Mike nicht im Wasser herum, als ich zum Pool kam. Genau genommen war er gar nicht da. Ich setzte mich wieder neben Ella. Sie trug einen Bikini, dessen Hose und Oberteil nicht zueinander passten, und einen großen Schlapphut auf dem Kopf.

„Hallo Lisa", sagte sie. „Hast du die schon gelesen?" Sie warf mir eine Zeitschrift zu.

„Danke!" Ich ließ mich neben Ella nieder und schlug die Zeitschrift auf.

Laura winkte mir zu, als sie sich auf den Bauch drehte. Diesmal hatte sie ihre Haare zu einem Knoten aufgesteckt. Mit dem leuchtend blauen Gestell ihrer Sonnenbrille erinnerte sie mich ein bisschen an eine Bibliothekarin. Sean war völlig in ein Musikmagazin versunken.

So lagen wir alle friedlich am Pool und ließen uns von der Sonne braten. Das Wetter war einfach unglaublich gut. Wenn das so weiterging, würde ich am Ende der Ferien genauso braun sein wie Abby und Sophie!

Ungefähr eine halbe Stunde später schlenderte Mike auf uns zu. Mein Herz schlug augenblicklich schneller, und ich konnte mich nicht mehr auf die Zeitschrift konzentrieren.

„Hi“, sagte er und stellte sich so hin, dass sein Schatten auf mich fiel.

„Hey!“ Ich lachte. „Könntest du bitte aus der Sonne gehen?“

„Entschuldigung! Ich bin einfach untröstlich!“, sagte er in einem gespielt vornehmen Tonfall und machte einen Schritt zur Seite. „Kann ich sonst noch etwas für die Dame tun?“

„Allerdings“, gab ich genauso vornehm zurück. „Ich denke, ein erfrischendes Getränk wäre jetzt genau das Richtige.“

„Limonade?“, fragte er.

Bevor ich nicken konnte, setzte sich Laura auf. „Wo hast du denn gesteckt, Mike?“, schrie sie. „Ich hab dich gesucht. Ich wollte dir einen Songtext zeigen, den ich geschrieben habe.“

Mike machte ein verlegenes Gesicht. „Bin nur

ein bisschen durch die Gegend gelaufen“, sagte er. „Wollt ihr auch etwas zu trinken?“ Ohne eine Antwort abzuwarten, marschierte er zum Kiosk.

Ella sah mich an und zuckte mit den Schultern. „Jungs!“

In diesem Moment tauchte meine Mutter auf der anderen Seite des Pools auf. Neben ihr stand eine Frau, die ihre neue Freundin Sally sein musste. Beide trugen Gymnastikanzüge und Leggings. Schnell versteckte ich mich hinter meiner Zeitschrift. Zu spät.

„Lisa!“, rief meine Mutter. „Huhu!“

Ich spähte über die Zeitschrift hinweg. Verdammter Mist! Mum war auf dem Weg zu uns. Sie hüpfte über mehrere Sonnenliegen und ein paar Handtücher von anderen Badegästen hinweg. Vor lauter Verlegenheit rutschte ich auf meiner Sonnenliege immer weiter nach unten.

„Hier steckst du also, Lisa!“, rief meine Mutter, als sie bei uns angekommen war. „Oh, hallo, ich glaube, wir kennen uns noch nicht. Ich bin Liz, Lisas Mutter.“ Mum lächelte Ella zu.

„Hi, ich bin Ella“, stellte sich Ella vor.

„Dann gehörst du also zu dieser berühmten Band?“, fragte meine Mutter. „Ist euer Manager zufälligerweise in der Nähe?“

„Äh – nein.“ Ella machte ein verwirrtes Gesicht.

„Oh.“ Mum klang ein bisschen enttäuscht. Sally war ebenfalls herübergekommen, und meine Mutter stellte sie mir total begeistert vor.

„Hi, Lisa!“ Sally klang ausgesprochen vergnügt. Sie hatte blonde Locken, die auf und ab hüpften, während sie sprach.

„Hallo, Sally“, sagte ich. Oh nein! Aus den Augenwinkeln sah ich Mike mit den Getränken näher kommen.

„War nett, euch zu treffen, Mum. Aber ihr müsst doch bestimmt gleich zu eurem nächsten Kurs, oder? Ihr solltet euch lieber beeilen, sonst kommt ihr noch zu spät!“

„Ich wollte nur schnell Bescheid sagen, dass Sally, ich und eine dritte, sehr nette Frau namens Andie, die wir ebenfalls hier kennengelernt haben, heute Abend um neun als *Bananensplits* in der Karaoke-Bar auftreten. Ihr kommt doch, oder?“

„Sie singen auch?“, fragte Mike.

„Oh, hallo. Du bist Mike, stimmt's?" Mum lächelte Mike zu, und ich verzog das Gesicht, als hätte ich Zahnschmerzen. „Ja, wir spielen heute Abend ein *Bananarama*-Tribute", fuhr Mum fort. „Ihr müsst unbedingt alle kommen! Und bringt euren Manager mit!"

„Wir wären wirklich gerne bei Ihrem Auftritt dabei, aber leider stehen wir heute Abend selbst auf der Bühne", sagte Mike.

„Tut uns sehr leid, Mrs Parker", fügte Ella höflich hinzu.

„Oh. Aber du kommst doch wenigstens, Lisa, nicht wahr? Oma und Gerry werden auch da sein, und es wäre gut, wenn du ihnen etwas Gesellschaft leisten könntest." Mums Stimme hatte einen leicht verzweifelten Unterton.

„Okay", sagte ich. Was blieb mir anderes übrig? Die Sache schien meiner Mutter eine Menge zu bedeuten. Vielleicht konnte ich mich ja später irgendwie absetzen.

„Toll!" Mum strahlte und küsste mich auf die Wange. „Komm, Sally, wir müssen unsere Tanzschritte üben."

Sie gingen davon, und ich stöhnte.

„Deine Mutter scheint sehr nett zu sein", sagte Ella.

„Ja, wahrscheinlich ist sie das auch", sagte ich. „Aber manchmal ist sie so peinlich! Ich meine, *Bananarama*, um Himmels willen!"

„Wer sind eigentlich diese *Bananarama*?", fragte Mike.

„Eine Girl-Band aus den Achtzigern, die in der Originalbesetzung aus drei Mädchen namens Keren, Sara und Siobhan bestand. Ihre größten Hits waren *Robert De Niro 's Waiting* und *I Want You Back*", sagte Sean, ohne von seiner Zeitschrift aufzusehen.

Wir starrten ihn an.

„Was ist?", fragte er. „Diese Zeitschrift ist sehr informativ, wisst ihr?"

Ella begann zu kichern, und dann prusteten wir alle gleichzeitig los. Mike boxte Sean freundschaftlich in die Seite. Ein Wunder war geschehen! Die anderen hatten meine Mutter kennengelernt und wollten trotzdem noch etwas mit mir zu tun haben!

Etwas später, nachdem wir im Pool eine Weile fangen gespielt hatten, kam Mike zu meiner Sonnenliege.

„Hast du Lust, was essen zu gehen?“, fragte er.

Ich sah zu Ella. „Ich hab keinen Hunger“, sagte sie.

„Klar, warum nicht?“ Ich zog meine Shorts an und schlüpfte in die Flip-Flops. Ich klang ruhiger, als ich mich fühlte. Das war fast so etwas wie ein Date! Nur er und ich, wir beide ganz allein beim Essen. Falls ich überhaupt etwas herunterbekommen würde. Mein Magen war wie zugeschnürt.

Obwohl ich total angespannt war, lief das Mittagessen richtig gut. Mike war wahnsinnig nett, er fragte mich über mein Leben aus und war total witzig. Er war sehr beeindruckt, als ich ihm erzählte, was wir mit Mirage Mullins erlebt hatten, und er sagte, er würde Abby und Sophie gerne mal kennenlernen. Wer würde das nicht? Wenn ich das selbst so sagen darf: Meine Freundinnen sind einfach C-O-O-L-I-S-S-I-M-O.

Nach dem Mittagessen verließen wir die Ferienanlage, um einen Spaziergang auf dem Klippenweg zu machen, der in den Ort führt. Der Wachmann am Tor nickte Mike zu, als würde er ihn kennen. Wahrscheinlich gewöhnt man sich an so etwas, wenn man beinahe berühmt ist.

Die Sonne schien, und uns blieben noch ganze zehn Minuten, bevor Mike zur Probe musste. Das Einzige, was mir zu meinem Glück noch fehlte, war ein Eis, dann wäre alles perfekt gewesen.

„Was sagen eigentlich deine Eltern zu der Band?“, fragte ich. „Sie müssen wahnsinnig stolz auf dich sein!“

Mike bückte sich und pflückte eine Blume. „Na ja … erst haben sie sich ein bisschen Sorgen gemacht, weil ich mit sechzehn von der Schule abgehen wollte. Aber ich hab sie davon überzeugt, dass es genau das ist, was ich will. In letzter Zeit denke ich ziemlich oft an sie …“ Mikes Blick verlor sich in der Ferne. Dann schüttelte er lächelnd den Kopf. „Andererseits können sie wirklich nicht behaupten, dass wir es nicht geschafft hätten – immerhin spielen wir in der Ferienanlage von Smallhampton!“

Ich lachte. „Meine Mutter hält das hier für den Himmel auf Erden. Sie müssen sie jeden Abend von der Bühne zerren!“

Mike grinste. „Sie ist Sängerin aus Leidenschaft, oder? Ich wette, sie ist richtig gut.“

Ich sah Mike an. Er war so wahnsinnig nett! Und er lag so wahnsinnig falsch. „Bei der letzten Meinungsumfrage haben acht von zehn Hunden angegeben, dass sie gerne mit ihr mitheulen wollen.“

Mike lachte. „Du bist gemein! Es kann schließlich nicht jeder ein talentierter Sänger sein.“

Er zwinkerte mir zu, und ich verpasste ihm einen Schlag gegen den Arm.

„Bescheidenheit ist nicht gerade deine Stärke, was?“, fragte ich.

Mike warf einen Blick auf seine Armbanduhr. „Ich muss los“, sagte er. „Gleich beginnt die Probe.“

Als wir uns umdrehten, berührten sich rein zufällig unsere Hände. Mike sah auf die Blume, die er immer noch in der Hand hielt.

„Hier, für dich“, sagte er und überreichte mir die Blume.

ER MOCHTE MICH! ER MOCHTE MICH TATSÄCHLICH!

Obwohl ich alles versuchte, gelang es mir nicht, während Mums Auftritt unauffällig zu verschwinden. Darum verpasste ich den *Fusion*-Gig, aber wenigstens konnte die Band so Mums Auftritt nicht sehen – auch wenn Mike damit gedroht hatte, die Show abzusagen und vorbeizukommen.

Der Höhepunkt des Abends war, als Oma mir ihren neuen Freund Gerry vorstellte. Wenn man die Augen zusammenkniff, sah er mit seinen wirren Haaren ein bisschen wie Columbo aus.

„Es freut mich sehr, dich kennenzulernen, Lisa", sagte er und küsste meine Hand. „Ich habe schon so viel von dir gehört!"

Ich warf Oma einen misstrauischen Blick zu.

Die machte ein unschuldiges Gesicht. „Gerry ist Oberst im Ruhestand", erklärte sie. „Er hat eine Menge Orden bekommen."

„Tatsächlich?", fragte ich. Ich wusste nicht so richtig, was ich dazu sagen sollte. *Orden wofür? In welchem Krieg?*

„Nun ja, das ist doch jetzt nicht so wichtig“, sagte Gerry mit stolzgeschwellter Brust. „Darf ich den Damen etwas zu trinken holen?“

Zum Auftritt der Bananensplits will ich mich lieber nicht äußern. Abgesehen davon, dass Sally eine gute Sängerin ist. Besser als meine Mutter auf jeden Fall. Aber das behielt ich natürlich für mich. Ich hatte gerade einen Stein bei ihr im Brett, und wenn ich in der nächsten Woche weiterhin so viel mit *Fusion* machen wollte, sollte das auch besser so bleiben. Denn eins war klar: Ich wollte unbedingt so viel Zeit wie möglich mit der Band verbringen. Diese Ferien entwickelten sich allmählich zu den besten Ferien aller Zeiten!!!

Viertes Kapitel

Während der nächsten Tage bekam ich Mum und Oma kaum zu Gesicht, weil ich ständig mit der Band zusammen war. Die beiden waren allerdings auch ziemlich beschäftigt. Oma und Gerry verstanden sich prächtig, und Oma verbrachte die meiste Zeit damit, Bingo zu spielen oder sich mit ihren Freunden in Nummer 27 zu treffen und fernzusehen. Währenddessen ließen Mum und Sally keinen Aerobic-Kurs und keinen Karaoke-Abend aus – und es gab eine Menge davon! Mum versuchte weiterhin, mich dazu zu bringen, ihr Jools vorzustellen („Er würde uns bestimmt wahnsinnig gerne singen hören, Lisa …"), aber ich schaffte es zum Glück, ein Zusammentreffen der beiden zu verhindern.

Und ich? Nun ja, ich war voll und ganz damit beschäftigt, mich mit der Band am Pool zu treffen, mittags gemeinsam mit ihnen zu essen und abends bei ihren Auftritten dabei zu sein, sodass mir kaum Zeit für andere lebenswichtige Dinge blieb – wie zum Beispiel Fußnägel lackieren, Eis essen, all meine Klamotten hundertmal anprobieren oder versuchen, ein bisschen cooler auszusehen (Ella und Laura setzten hohe Maßstäbe, was Coolness betraf). Aber am wichtigsten war es natürlich, Abby und Sophie auf dem Laufenden zu halten!

Miss.Neugierig: Bonjour, mes amies.
Sahneschnitte: Warum bist Du nicht mit Ella Propella zusammen?
Miss.Neugierig: Du sollst sie nicht so nennen!!! Ella und die anderen sind bei der Probe. Und jetzt haltet Euch fest: Mike will ein Foto von mir auf die Band-Webseite stellen!!! Als Fan im Publikum während ihres Auftritts, aber immerhin!!!
Modepolizei: Wahnsinn! Das muss echt Liebe sein!!!

Miss.Neugierig: Ich wünschte, Ihr könntet ihn kennenlernen! Er ist so süß ... und so witzig ...
Sahneschnitte: Und berühmt! Du hast echt Glück, Lisa Parker!!!
Miss.Neugierig: Ich weiß!!! Wenn das Amanda Hawkins wüsste!!!

Die Band machte ihre Sache wirklich super. Ihre Auftritte kamen so gut an, dass die Leitung des Ferienparks entschied, sie auch für Leute zu öffnen, die nicht in der Anlage wohnten. Darum war das American Diner jetzt immer proppenvoll – hauptsächlich mit hübschen Mädchen. Auch die *Fusion*-Webseite wurde häufig angeklickt, und die Bandmitglieder baten mich, ihnen dabei zu helfen, den Blog täglich zu aktualisieren.

„Ich finde, wir sollten ein Grillfest für die Angestellten der Ferienanlage organisieren", schlug Jools am Ende der ersten Woche vor. „Als kleines Dankeschön sozusagen. Es könnte am Strand stattfinden. Wir laden die Reporter von der Regionalzeitung und jemanden vom Radio ein, dann haben wir gleich eine super Presseaktion. Was haltet ihr davon?“

Alle fanden die Idee toll. Alle außer Mike, der sich mal wieder verspätet hatte. Er kam in letzter Zeit oft zu spät, was die anderen ziemlich nervte. Vor allem Jools, der alle Hebel in Bewegung setzte, um Interviews für die Band zu organisieren, zu denen Mike dann nicht erschien. Außerdem sagte er nie, wo er gewesen war – „Oh, ich war nur kurz unterwegs …“ –, und er ging auch nie an sein Handy. Während wir auf Mike warteten, erstellte ich folgende Liste in meinem Kopf:

Die zehn besten Gründe, warum ich Mike mag:

1. Er ist einfach toll!
2. Er kann sehr gut singen, Gitarre spielen und Songs schreiben.
3. Er hat einen super Humor.
4. Er hat wahnsinnig süße blaue Augen.
5. Er ist echt cool. Seine Bühnenpräsenz haut einen beinahe um, wenn er dort oben steht und

singt. Mr Lord würde ihn lieben. „Bühnenpräsenz ist das Allerwichtigste, wenn man ein guter Schauspieler werden will, Lisa", sagt er immer. „Mit Freundinnen herumzukichern und durch die Gegend zu hüpfen, bringt einen dagegen nicht wirklich weiter."

6. Er ist richtig nett. Und er kann gut zuhören.
7. Er hat gesagt, er würde gerne meine Freundinnen kennenlernen. Also will er mich nach den Ferien vielleicht wiedersehen!!!
8. Ihm gefallen meine Frosch-Gummistiefel!!
9. Er ist irgendwie geheimnisvoll. Ständig ist er alleine unterwegs und verrät niemandem, wo er hingeht. Vielleicht braucht er ja die Einsamkeit, um sich neue Songs auszudenken …
10. Er ist so süüüüüüß!!!!!!!!

Als Mike endlich wieder auftauchte, fand er die Idee mit der Grillparty ebenfalls prima. Eigentlich sollten keine Fans, sondern nur Angestellte der Ferienanlage und ein paar Presseleute eingeladen werden, aber Mike fragte Jools, ob ich auch kommen dürfte.

„Lisa hat uns wirklich sehr mit der neuen Webseite geholfen“, behauptete er.

„Ja – sie schreibt praktisch täglich den neuen Blog für uns“, sagte Ella.

Jools nickte. „Okay, von mir aus. Aber sonst niemand!“

Mike grinste mir zu, und ich grinste zurück. Er war soooo nett!!!

Abby und Sophie waren sich einig, dass ich auf der Grillparty einfach SUPERTOLL aussehen musste. Ich versuchte, Mum ein bisschen Geld für ein neues Outfit abzuluchsen, aber sie ließ sich nicht darauf ein.

„Du hast beinahe deine gesamte Garderobe mitgebracht, Lisa“, sagte sie. „Du wirst doch wohl *irgendetwas* zum Anziehen finden. Wenn du möchtest, kannst du dir auch gerne etwas von mir leihen.“

Mir lief es kalt den Rücken herunter. Nie im Leben würde ich Mums Klamotten anziehen!!! Ich ging zurück in mein Zimmer, um noch einmal meine Sachen durchzusehen.

Schließlich vertraute ich mich Ella an und erzählte ihr, dass ich nichts zum Anziehen hatte.

„Du kannst gerne eins von meinen Kleidern anziehen, Lisa“, sagte sie.

„Ehrlich? Toll!“ Ich war aufgeregt, traute mich aber noch nicht, mich so richtig zu freuen. Ich hatte schon genug Styling-Sessions mit Sophie hinter mir, um zu wissen, dass die Outfits von anderen Leuten an mir nicht unbedingt gut aussehen mussten.

Am Tag der Grillparty ging ich zum Blockhaus von Ella und Laura. Laura hüpfte gerade mit fliegenden Haaren auf ihrem Bett herum. Sie trug eine enge Jeans und ein schlichtes Top. So einfach und doch so cool. Ella trug ein gelb-pinkfarbenes Kleid mit einem grünen T-Shirt darunter. Ich wusste, dass ich in so einem Outfit total lächerlich aussehen würde. Hoffentlich hatte sie etwas für mich, das nicht ganz so abgefahren war!

Und das hatte sie tatsächlich! Als Ella fertig war, trug ich einen blauen Rock, dessen Farbe (angeblich) perfekt zu meinen Augen passte, und ein cooles blassgelbes T-Shirt. Laura hatte meine Haare zu einem Chignon aufgesteckt (man kann es auch einfach einen Knoten nennen). Ich kam mir wahnsinnig elegant vor. Vor allem, als Ella mich dazu überredete, statt der üblichen Turnschuhe meine Sandaletten anzuziehen.

Ich war völlig platt, als ich einen Blick in den Spiegel warf. Ich sah total anders aus als sonst! Mein Anblick würde Mike glatt die Sprache verschlagen. Vielleicht forderte er mich ja zum Tanzen auf! Und vielleicht würde er mich sogar küssen!!! Wir würden ein Paar werden und ich würde *Fusion* quer durch die ganze Welt folgen und Jools bei der Pressearbeit für die Band helfen (da ich eindeutig ein echtes PR-Genie war). Mike würde niemals auch nur einen einzigen Blick an die Groupies der Band verschwenden. Er hätte nur Augen für mich …

„Fertig?“ Ellas Stimme riss mich aus meinen Träumereien. „Du siehst klasse aus, Lisa. Mike wird total auf dich abfahren.“

Ich wurde rot. Ella hatte mitbekommen, dass ich auf Mike stand. Wie peinlich!

Die Grillparty war super. Der Weg durch die Dünen zum Strand war von unzähligen Windlichtern gesäumt. Obwohl es noch nicht dunkel war, sahen die flackernden Flammen einfach toll aus. Jools war für den Grill zuständig. Er fuchtelte beim Sprechen ständig mit seiner Grillzange herum. Überall standen Leute und nippten an ihren Getränken.

Die Bandmitglieder sollten sich mit den Presseleuten unterhalten. „Das Ganze ist schließlich eine reine PR-Veranstaltung", hatte Laura mir zugerufen, als sie ihre Haare vorhin zu einem Mozartzopf zusammengebunden hatte. Ich wusste also, dass sie nicht viel Zeit für mich haben würden.

Doch als wir den Strand betraten, kam Mike sofort auf uns zu.

„Wahnsinn! Du siehst einfach toll aus, Lisa!", sagte er sanft.

Ich wurde rot. „Danke! Du siehst auch nicht schlecht aus."

NICHT SCHLECHT? ER SAH EINFACH ZUM ANBEISSEN AUS!!!

In diesem Moment rief Jools nach Mike, um ihm einen Journalisten vorzustellen. Bevor Mike zu

Jools hinüberging, lächelte er mir noch einmal zu. Ich beschloss, mich ans Buffet zu stellen und mir einfach nur die Leute anzuschauen. Na gut, in erster Linie wollte ich vermutlich Mike anschauen.

Nachdem er ungefähr zehn Minuten mit dem Journalisten geredet hatte, holte er Sean dazu und hielt Ausschau nach mir. Unsere Blicke trafen sich, und ich begann, nervös mit der Tischdecke herumzuspielen. Mike winkte und kam durch die Menge auf mich zu. Doch ehe er mich erreicht hatte, wurde er von einem Mädchen angesprochen, das in der Ferienanlage hinter der Theke arbeitete. Sie trug immer noch ihr leuchtend gelbes T-Shirt.

Jools begann währenddessen damit, das Essen zu verteilen. Ich holte mir einen Burger und ging zum Tisch mit den Salaten, der sich zufälligerweise direkt neben Mike und dem Mädchen befand.

Während Mike mit dem Mädchen sprach und ich auf der anderen Seite des Tisches stand, um mir Ketchup für meinen Burger zu holen, sah er mich mit seinen großen blauen Augen an, und mein Herz schlug einen Purzelbaum. Vor lauter

Aufregung vergaß ich völlig, dass ich gerade die Ketchupflasche umgedreht hatte, und es landete wesentlich mehr Ketchup auf meinem Burger als geplant. Egal! Ich mag Ketchup. Allerdings nicht so sehr wie Mike!!!

Als er das Mädchen losgeworden war, kam er zu mir herüber. „Hey, du“, sagte er sanft.

„Hmpf“, nuschelte ich und versuchte, schnell den Bissen hinunterzuschlucken, den ich gerade im Mund hatte. Was für ein schlechtes Timing!

„Ich möchte dir etwas zeigen“, sagte Mike. „Komm mit.“

Ich folgte ihm zu zwei Liegestühlen, die unter einer an zwei Pfählen im Sand befestigten Lichterkette standen. Wir setzten uns.

„Den anderen habe ich es noch nicht gezeigt.“ Mike zog einen Zettel aus der Tasche seines Shirts. „Es ist der Anfang eines neuen Songs. Ich wollte erst wissen, was du davon hältst.“ Er gab mir den Zettel.

Oh! Er zeigte mir seinen neuen Song zuerst! Ich konnte es kaum glauben. Was, wenn ich irgendetwas Dummes sagte?

Der Song hieß *One Week* und ging so:

One week since I saw you,
one week since I met you.
I have so much I want to say,
I need to see you every day.

You make everything real,
I want to tell you how I feel.
It's only one week since I saw you,
one week since I met you.

Soon we'll have to part,
but you'll stay in my heart.
One week since I met you,
a lifetime to remember you.

Während ich las, summte Mike neben mir leise vor sich hin. „Das ist die Melodie“, sagte er und begann wieder zu summen.

Ich hörte zu und las den Text immer und immer wieder. Wenn ich nicht total falsch lag, ging es in dem Song um mich!!! Oder etwa nicht? Es musste einfach so sein! Schließlich kannte ich Mike seit genau einer Woche.

„Und? Was denkst du?“ Er sah mir direkt in die Augen.

Ich schluckte. Mein Herz klopfte wie verrückt. „Es ist wunderschön“, sagte ich. „Einfach toll.“

Er grinste und wollte gerade etwas sagen, als Laura neben uns auftauchte. „Mike! Zeit für die Fotosession!“, brüllte sie.

Mike lächelte mir entschuldigend zu und stand auf. Er nahm mir den Songtext aus der Hand und legte einen Finger an die Lippen.

Ich nickte, während die Bandmitglieder zum Fotografen hinübergingen, der offenbar eine Aufnahme von ihnen vor der untergehenden Sonne machen wollte. War das nicht irre? Ich war die Erste, die den neuen Song von *Fusion* zu sehen bekam – und der Song handelte von mir!!! Das musste ich sofort Abby und Sophie schreiben:

Ich: M hat einen Song über mich geschrieben!
Abby: Ist nicht wahr!!!

Ich: Doch! Ehrenwort!

Abby: Coooool!!!

Jetzt musste ich nur noch herausfinden, wie ich die Zeit anhalten konnte, damit die nächsten Tage nie zu Ende gingen.

Fünftes Kapitel

Am nächsten Vormittag ging ich wie immer zum Pool, um mich mit der Band zu treffen, aber Mike war nicht da.

„Hi, Lisa", begrüßte mich Ella. Sie sah ein wenig besorgt aus. „Hast du Mike gesehen?"

„Nicht seit gestern Abend", antwortete ich.

„Mist!"

„Wieso? Was ist denn los?"

„Es hat ihn den ganzen Morgen noch niemand gesehen …", begann Ella.

„Und sein Bett war unbenutzt", schrie Laura und warf ihre Haare über die Schulter zurück.

„Oh", sagte ich. „Na ja, er verschwindet doch öfter mal. Vielleicht wollte er heute Vormittag einfach alleine sein."

„Ja, aber wo war er dann letzte Nacht?“, fragte Ella. „Er geht nicht an sein Handy, und wir haben schon die ganze Anlage nach ihm abgesucht. Es ist wirklich seltsam.“

Allmählich begann ich, mir ebenfalls Sorgen zu machen. Die anderen sahen mich an, als müsste ich wissen, was zu tun war.

Wo war Abby, wenn ich sie brauchte? Warum musste sie sich ausgerechnet jetzt irgendwo in Frankreich herumtreiben? Hätte ich den anderen doch bloß nichts von der Sache mit Mirage Mullins erzählt! Dann würden sie jetzt nicht erwarten, dass ich ihnen aus der Klemme half. Ich musste mich zusammenreißen.

„Okay … also … lasst uns noch einmal alles absuchen. Und versucht weiterhin, Mike auf seinem Handy zu erreichen. Am besten treffen wir uns in einer Stunde wieder hier. Ich schau in den Aufenthaltsräumen nach.“

„Gute Idee“, sagte Sean. „Ich geh zu den Sportplätzen. Jools ist gerade unten am Strand.“

„Dann nehmen wir uns die Restaurants vor“, sagte Ella. „Bis später!“

Wir gingen in unterschiedliche Richtungen davon.

Es stimmte, dass Mike gerne mal eine Weile verschwand. Aber warum hatte er nicht in seinem Bett geschlafen? Ich hatte ein ausgesprochen mulmiges Gefühl bei der Sache. Schließlich wurde *Fusion* immer bekannter. Was, wenn er irgendeinem Verrückten in die Hände gefallen war? Heutzutage hatte doch fast jeder Promi einen Stalker!

Jetzt geht aber wirklich deine Fantasie mit dir durch, Lisa! Mike macht bestimmt nur einen Spaziergang oder so was!

Nachdem ich in den Aufenthaltsräumen nachgeschaut und Oma und Gerry zugewinkt hatte, die dort Bingo spielten, ging ich in den Computerraum. Vielleicht war Mike ja gerade dabei, den Blog auf der Band-Webseite zu aktualisieren. Doch er war nicht da. Ich hatte noch jede Menge Zeit, bevor ich mich wieder mit den anderen traf, und ich musste unbedingt Abby und Sophie erzählen, was los war. Also schrieb ich Sophie eine SMS, damit sie sich an den Computer setzte – und zwar pronto! Dann loggte ich mich ein.

Miss.Neugierig: Mike ist verschwunden!!!
Sahneschnitte: Bist Du sicher?
Miss.Neugierig: Sein Bett war unbenutzt.
Modepolizei: Oh. Klingt gar nicht gut. Hast Du schon überall gesucht?
Miss.Neugierig: Ja, aber wir können ihn nicht finden.
Modepolizei: Vielleicht wurde er von einem verrückten Groupie entführt?!?!
Miss.Neugierig: Das ist nicht witzig! Jetzt mal im Ernst, ich mach mir wirklich Sorgen.
Sahneschnitte: Keine Panik! Es muss doch eine Erklärung geben! Vielleicht schreibt er irgendwo einen neuen Song über Dich!!
Miss.Neugierig: Na ja, er verschwindet tatsächlich manchmal für eine Weile.
Modepolizei: Warum???
Miss.Neugierig: Keine Ahnung. Wenn man ihn fragt, tut er immer sehr geheimnisvoll.
Sahneschnitte: Sprich mit Ella Propella und den anderen aus der Band.
Miss.Neugierig: Okay. Gute Idee! UND NENN SIE NICHT SO!

Als ich mit den anderen am Pool zusammentraf, stellte sich heraus, dass sie auch kein Glück gehabt hatten. Jools war ebenfalls vom Strand zurückgekehrt und schüttelte ärgerlich den Kopf.

„Was zum Teufel soll das?“, fragte er. „Normalerweise verschwindet Mike wenigstens nur ab und zu für eine Stunde, aber jetzt ist er schon seit Ewigkeiten weg. Warum geht er nicht an sein Handy?“

„Er würde bestimmt drangehen, wenn es funktionieren würde“, sagte Ella. Sie hockte auf einer Sonnenliege und sah ziemlich verzweifelt aus. „Vermutlich ist der Akku leer. Mike vergisst immer, ihn aufzuladen.“

„Es tut mir leid. Ich weiß, Mike ist kein Dummkopf“, sagte Jools. „Es ärgert mich nur, dass er sich ständig einfach in Luft auflöst. Außerdem mache ich mir langsam Sorgen. Ich bin für euch verantwortlich, und jetzt ist Mike verschwunden.“

„Er taucht bestimmt bald wieder auf“, sagte ich hoffnungsvoll. „Bist du sicher, dass er letzte Nacht nicht in eurer Hütte war, Sean?“

„Ja. Ich war ziemlich müde, darum hab ich die Grillparty verlassen, nachdem die Reporter gegangen waren. Aber ich hab Mike nicht ins Schlafzimmer kommen hören, dabei ist er normalerweise ziemlich laut. Meistens spielt er vorm Schlafengehen noch irgendeinen neuen Song, der ihm gerade im Kopf herumgeht, auf der Gitarre. Doch letzte Nacht hab ich ohne Störungen durchgeschlafen, und sein Bett war morgens ordentlich gemacht. Mike macht nie sein Bett."

„Hört zu, wir müssen jetzt das Telefoninterview für den örtlichen Radiosender geben", sagte Jools. „Ich hab es fest zugesagt. Es bleibt uns nichts anderes übrig, als es ohne Mike zu machen. Wir sagen einfach, er sei krank. Lisa, könntest du währenddessen weitersuchen? Wir treffen uns nach dem Interview wieder hier, okay? Vielleicht ist er bis dahin ja wieder aufgetaucht."

„Ja, klar", sagte ich. Ich war froh, mich nützlich machen zu können.

Die anderen umarmten mich, dann folgten sie Jools. Ich seufzte. Wo in aller Welt konnte Mike sein? Ich beschloss, noch einmal überall nachzusehen.

Während ich zurück zu den Aufenthaltsräumen

ging, fuhren die Gedanken in meinem Kopf Karussell. Ein Teil von mir war davon überzeugt, dass Mike jeden Moment herbeischlendern würde, mit einem riesengroßen Grinsen auf dem Gesicht. Der andere Teil wartete darauf, dass man irgendwo seine Leiche fand. Das war eindeutig Omas Einfluss – man kann nun mal nicht neun Milliarden Krimiserien gucken, ohne überall Mörder und andere Schwerverbrecher zu vermuten. Wenn man vom Teufel spricht …

„Hallo, Lisa!", begrüßte mich Oma. Sie hatte gerade ein weiteres, wahnsinnig spannendes Bingo-Spiel beendet. „Warum machst du denn so eine Trauermiene? Hast du deinen Freund verloren?"

„Er ist nicht mein Freund", antwortete ich automatisch und wurde rot. „Aber ich hab ihn tatsächlich verloren, wenn du es genau wissen willst."

„Nun ja, Männer sind manchmal leider etwas wankelmütig, Schätzchen." Oma tätschelte mitfühlend meinen Arm.

„So war das doch gar nicht gemeint!", stellte ich klar. „Mike ist verschwunden."

„Ach du je. Komm, setz dich zu mir, Lisa." Oma

nahm an einem leeren Bingo-Tisch Platz und klopfte auf den Stuhl neben sich. „Wann hast du ihn denn zuletzt gesehen?“, fragte sie mit schief gelegtem Kopf.

„Gestern Abend bei der Grillparty.“ Ich ließ mich auf den Stuhl fallen.

„Hmmm. Das erinnert mich an eine Folge von *Miss Marple* …“, begann Oma.

Ich unterbrach sie, bevor sie näher ins Detail gehen konnte. „Offenbar hat er letzte Nacht nicht in seinem Bett geschlafen!“

„Tatsächlich? Nun, das ist allerdings wirklich besorgniserregend.“

Jetzt gesellte sich Gerry zu uns. „Hallo, Lisa!“, sagte er. „Bist du gekommen, um eine Runde Bingo mit deiner bezaubernden Großmutter zu spielen?“

Oma gefiel es offensichtlich, als bezaubernd bezeichnet zu werden, auch wenn sie versuchte, sich nichts anmerken zu lassen. „Es gibt ein Problem, Gerry“, sagte sie. „Der Sänger dieser Band ist verschwunden. Mick.“

„Mike“, murmelte ich verzweifelt.

„Genau, Mike. Er wurde heute noch nicht gesehen, und er hat letzte Nacht nicht in seinem Bett geschlafen."

„Hast du schon versucht, ihn auf seinem Handy zu erreichen? Ihr jungen Leute werdet doch quasi mit dem Handy am Ohr geboren, stimmt's?" Gerry zwinkerte mir zu.

Ich seufzte. Als wenn ich nicht selbst daran gedacht hätte! „Es ist immer nur die Mailbox dran."

„Hast du nicht gesagt, dass dieser Mike öfter mal verschwindet, Lisa?", fragte Oma.

„Ja, aber ich habe keine Ahnung, wohin."

„Nun, ich wette, ich weiß, wer uns das sagen kann." Oma stand auf. „Meinen Mantel, Gerry."

Gerry half Oma in ihren Regenmantel und reichte ihr seinen Arm. Dann verließen die beiden den Aufenthaltsraum, obwohl gerade ein neues Bingo-Spiel angekündigt wurde.

Ich zuckte mit den Schultern und folgte ihnen. Solange Abby und Sophie nicht hier waren, waren Oma und Gerry die beste Unterstützung, die ich hatte. Ich war ziemlich verwirrt, als wir schließlich an der Rezeption landeten. Was wollte Oma hier?

„Könnten Sie mir bitte sagen, ob Judy heute arbeitet?“, fragte sie die Empfangsdame, die natürlich auch ein gelbes T-Shirt trug.

„Ja, Judy macht gerade die Hütten einunddreißig bis vierzig sauber“, antwortete die Frau und machte ein verdutztes Gesicht.

„Vielen Dank. Ich will sie nur schnell was fragen“, sagte Oma und ging zurück zur Tür.

Also machten wir uns auf den Weg zu den Hütten 31 bis 40. Sehr langsam. Erst jetzt bemerkte ich, dass Gerry nicht besonders schnell laufen konnte. Oma und er stützten sich gegenseitig, sodass wir nur im Schneckentempo vorankamen. Aber ich passte mich natürlich gerne ihrem Tempo an. Haha!

„Oma, was soll denn das alles?“, fragte ich. „Wer ist diese Judy?“

„Das wirst du schon noch sehen“, antwortete Oma geheimnisvoll. Sie schien tatsächlich zu glauben, wir wären in einer ihrer Detektivserien!

„Oma!!!“, rief ich.

„Okay, okay. Judy ist die Putzfrau. Und sie weiß eine ganze Menge. Lass dich überraschen!“

Ich musste zugeben, dass das eine gute Idee war. Dem Personal fallen immer Dinge auf, die andere Leute übersehen. Das habe ich von Jessica Fletcher gelernt – genau wie Oma. Mit etwas Glück würde Judy ein wenig Licht in das Rätsel um Mikes Verschwinden bringen können – denn ich war mit meinem Latein am Ende. Ich wollte einfach nur, dass Mike wieder auftauchte.

Wir fanden Judy in Nummer 36, wo sie gerade das Badezimmer putzte. „Hallo, Pam!", rief sie. „Du hattest recht – das Reinigungsmittel von *Wisch & Sauber* ist wirklich gut!"

„Prima", sagte Oma. „Ich finde ja, es gibt dem Badezimmer diesen ganz besonderen Glanz."

„Oma!!!", rief ich. *Mike ist verschwunden, und sie unterhält sich über Putzmittel!*

„Oh, ja, entschuldige, Lisa. Judy, das ist meine Enkelin Lisa."

„Du bist doch die, die immer mit dieser Band zusammen ist, oder?", fragte Judy.

Ich hatte keine Zeit, um erstaunt zu sein. „Genau", sagte ich. „Kennen Sie Mike? Der große Typ mit den blauen Augen?"

„Oh ja!" Judy nickte fröhlich.

„Er ist verschwunden!"

„Wir wollten fragten, ob du ihn vielleicht gesehen hast." Oma setzte sich aufs Bett, und Gerry nahm neben ihr Platz. Er schien ein bisschen erschöpft zu sein.

„Moment, da muss ich mal überlegen. Ich hab ihn in letzter Zeit mehrmals gesehen. Ihr jungen Leute seid immer unterwegs, was?" Judy lachte. „Also, ich glaube, ich hab ihn gestern am Eingangstor gesehen. Genau, gestern war das. Er hat sich mit einem Mann unterhalten."

„Tatsächlich?" Ich hob den Kopf. *Das konnte ein Hinweis sein!* „Um wie viel Uhr denn?"

„Ich kam gerade von der Mittagspause, es muss also so gegen zwei gewesen sein."

„Oh." Das war kurz bevor wir zum Schwimmen an den Strand gegangen waren. Ich erinnerte mich, dass wir mal wieder auf Mike gewartet hatten. Ich hatte gedacht, er wäre einfach spät dran, so wie immer.

„Und wie sah dieser Mann aus?", fragte Oma.

„Nun ja, er war mittelgroß, hatte braune Haare

und trug Jeans …“ Judy zog ihre pinkfarbenen Gummihandschuhe aus.

Spitze!, dachte ich. *So sieht ungefähr jeder zweite Typ in Smallhampton aus.* „Haben Sie ihn mehr als einmal gesehen?“, fragte ich.

„Ja. Er hat sich öfter mit Mike unterhalten.“

„Tatsächlich? Vielen Dank, Judy! Danke, Oma!“ Ich küsste Oma auf die Wange und rannte los, um den anderen zu erzählen, was ich erfahren hatte.

Nur Ella wartete am Pool auf mich. Sie hockte zusammengesackt auf einer Sonnenliege.

„Ella!“, rief ich. „Ich hab vielleicht eine Spur!“ Ich verlor beinahe das Gleichgewicht, als ich neben ihr zum Stehen kam. Fast wäre ich in den Pool geschlittert. „Judy, die Putzfrau, hat gesehen, wie sich Mike am Eingangstor mit einem Typ unterhalten hat. Sie hat die beiden gestern beobachtet, bevor wir zum Strand gegangen sind, und vorher auch schon ein paarmal.“

„Wer kann das sein?“, überlegte Ella.

In diesem Moment bekam ich eine SMS und zückte schnell mein Handy. Vielleicht hatte Mike mir ja geschrieben! Aber die SMS war von Sophie.

Sophie: Ist er wieder aufgetaucht?
Ich: Nein!!! Aber er hat sich gestern mit einem Mann getroffen. Und vorgestern auch.
Sophie: Mit wem???
Ich: Keine Ahnung.
Sophie: Klingt komisch. Was hat das zu bedeuten?
Ich: Keine Ahnung!!! Was soll ich jetzt tun?
Sophie: Finde den Mann, dann findest du Mike.

„Wir müssen diesen Mann finden“, sagte ich.

Ella nickte. „Ich komme mit. Die anderen suchen noch einmal am Strand und im Ort. Jools sagt, wenn wir Mike bis zwei Uhr nicht gefunden haben, ruft er die Polizei.“

Ich schluckte. Langsam wurde die Sache ernst. Jetzt war es zwölf. Aber noch gab es Hoffnung. Wenn wir Judy dazu bringen konnten, den Mann etwas genauer zu beschreiben, könnte uns das weiterhelfen. Wir liefen zurück zu Blockhaus Nummer 36.

Doch Judy war nicht dort.

„Mist!“, schimpfte ich. *Bleib ganz ruhig, Lisa, nur keine Panik …*

„Lass uns in der nächsten Hütte nachsehen“, schlug Ella vor.

Wir fanden Judy schließlich in Nummer 39. „Du schon wieder!“, begrüßte sie mich.

„Das ist Ella, sie ist auch in der Band“, erklärte ich. „Könnten Sie uns bitte noch einmal den Mann beschreiben, mit dem Sie Mike gesehen haben?“

„Nun ja, ich bin leider nicht sehr gut darin, Menschen zu beschreiben …“, begann Judy.

„Wie oft haben Sie ihn gesehen?“, fragte Ella.

„Oh … lass mich nachdenken … vielleicht vier- oder fünfmal, glaube ich. Die beiden haben sich häufig am Eingangstor unterhalten.“

„Darum ist Mike also immer zu spät gekommen“, stellte Ella fest. „Ich frage mich nur, wer dieser Mann ist. Hoffentlich kein Plattenproduzent von der Konkurrenz!“

„Bestimmt nicht! Er könnte alles Mögliche sein.“ Ich hielt einen Moment die Luft an, als mir plötzlich ein furchtbarer Gedanke durch den Kopf schoss. „Vielleicht hat er Mike entführt! Judy, glauben Sie, Sie würden den Mann wiedererkennen?"

„Tja, vielleicht …", sagte Judy.

„Sehr gut! Wahrscheinlich hält er sich noch irgendwo im Ort auf. Würden Sie uns helfen, nach ihm zu suchen?"

„Ich weiß nicht … Eigentlich darf ich die Anlage während meiner Schicht nicht verlassen."

„Bitte! Es ist wirklich wichtig, dass wir Mike finden", bettelte ich. „Wenn Sie das für uns tun, helfe ich Ihnen auch bis zu meiner Abreise beim Kloputzen!" Eine leise Stimme in meinem Kopf sagte: „Igitt!", aber ich achtete nicht auf sie. Dies war ein Notfall.

Judy lachte. „Du kommst nach deiner Großmutter – kannst es kaum erwarten, das neue Putzmittel von *Wisch & Sauber* zu benutzen, was? Okay, von mir aus. Ich begleite euch. Aber erst muss ich zu Ende sauber machen."

Ella und ich wechselten einen schnellen Blick. „Wir helfen Ihnen!"

Eins war klar: Wenn wir Mike gefunden hatten, war er uns einiges schuldig!

Sechstes Kapitel

Eine Stunde und einen abgebrochenen Fingernagel später saßen wir in einem Café an der Haupteinkaufsstraße von Smallhampton und hofften, dass dieser geheimnisvolle Mann irgendwann vorbeikommen würde. Zugegeben, der Plan war nicht gerade brillant, aber wir hatten keine andere Wahl. Natürlich hätten wir auch an jede Tür in Smallhampton klopfen und fragen können: „Entschuldigen Sie, sind Sie zufällig der Mann, der diese Woche mit Mike in der Ferienanlage gesprochen hat?“ Aber das hätte garantiert noch weniger funktioniert.

Wir hatten Judy so hingesetzt, dass sie einen guten Blick auf die Straße hatte, und sie genoss es sichtlich, in Ruhe eine Tasse Tee zu trinken.

„Wie schön, mal eine kleine Pause einzulegen. Und vielen Dank für eure Hilfe. Die Badezimmer haben richtig geglänzt, als wir mit Putzen fertig waren, stimmt's?"

„Äh – ja", antwortete Ella zerstreut und rupfte das Etikett von ihrer Saftflasche.

Ich kaute frustriert an meinem ausgefransten Fingernagel. Wir saßen nun schon eine halbe Ewigkeit hier, aber es war noch kein einziger Mann vorbeigekommen. Merkwürdig! Es war genauso, wie meine Mutter immer sagt: Wenn man mal einen Mann braucht, ist gerade keiner da.

Ella seufzte. Sie dachte offensichtlich dasselbe wie ich: In zehn Minuten musste Judy zurück zur Arbeit, und wir würden den Ort auf eigene Faust durchkämmen. Leider wussten wir nicht, nach wem wir suchten. Außerdem hatten Sean und Jools hier bereits nach Mike Ausschau gehalten – ohne Erfolg. Grrrr – es war einfach hoffnungslos!

Plötzlich setzte sich Judy aufrecht hin. Dann sackte sie wieder in sich zusammen. „Nein, der ist es nicht", sagte sie. „Und der auch nicht."

Endlich tauchten ein paar Typen auf. Als ich

mich umdrehte, war auf einmal die ganze Straße voller Männer. Seltsam. Wo kamen die plötzlich alle her? Ich sah zur anderen Straßenseite hinüber und entdeckte einen Pub. An der Tür hing eine Tafel, auf der verschiedene Fußballspiele angekündigt wurden. Gerade war ein Spiel zu Ende gegangen – England gegen Portugal. Ich erinnerte mich, wie Mike und Sean darüber gesprochen hatten. Ihrer Meinung nach war es höchste Zeit für eine Revanche, nachdem Portugal England bei der Weltmeisterschaft 2006 geschlagen hatte. Dieses Spiel hätte Mike niemals verpasst!

„Halten Sie die Augen offen“, sagte ich.

„Mach ich. Das ist ganz schön aufregend, was? Ich glaube, der Mann trug einen dunkelgrünen Mantel …“

„So wie der dort?“ Ella zeigte auf einen Mann, der gerade aus dem Pub kam.

„Genau! Das ist er!“, rief Judy.

„Wirklich?“ Ich sprang von meinem Stuhl. „Sind Sie sicher?“

„Ja, ziemlich sicher“, sagte Judy.

Das musste reichen. Ella und ich rannten aus

dem Café. Der Mann war die Straße hinabgegangen und hatte einen Zeitungsladen betreten. Wir folgten ihm und stellten uns vor ein Regal mit Chips. Der Typ sah ziemlich normal aus: braune Haare, grüner Mantel, Jeans. Er war ungefähr so alt wie meine Mutter. Und er war genau ihr Typ. Wenn sie ihm über den Weg laufen würde, wäre sie bestimmt hin und weg.

Hör auf damit, Lisa! Wahrscheinlich hat der Mann Mike gefesselt und hält ihn irgendwo gefangen – und du denkst darüber nach, ob er deiner Mutter gefallen würde! Reiß dich mal ein bisschen zusammen!

In dem Laden war gerade ziemlich viel los, sodass es eine halbe Ewigkeit dauerte, bis der Typ seine Zeitung gekauft hatte. Wir standen so lange vor dem Chips-Regal herum, bis ich richtig Hunger bekam.

„Ich glaube, ich kaufe mir schnell eine Tüte Salz-und-Essig-Chips", flüsterte ich Ella zu, die zwischen den Regalen hindurch den Mann beobachtete.

„Okay. Ich nehme Cheese and Onion", flüsterte sie zurück. „Und diese Milchshakes dort drüben sehen auch ziemlich lecker aus, findest du nicht?"

„Was machen wir, wenn er den Laden verlässt?", fragte ich, während ich mir Chipstüten und Milchshake-Flaschen auf den Arm lud.

„Wir folgen ihm!" Ellas Augen glänzten. „Wir müssen herausfinden, ob er Mike irgendwo versteckt hält."

Ich schluckte. Und was sollten wir tun, wenn es tatsächlich so war? Wir hätten Sean als Verstärkung rufen sollen. Nur für den Fall, dass sich die Sache in eine gefährliche Richtung entwickelte. Aber jetzt war es zu spät – der Mann verließ gerade den Laden.

Ich rannte zur Kasse und wühlte in meiner Hosentasche nach Kleingeld. Der Kassierer brauchte eine halbe Ewigkeit, um dem Kunden vor mir sein Wechselgeld herauszugeben. Hoffentlich blieb Ella dem geheimnisvollen Mann auf den Fersen. Er durfte uns auf keinen Fall entwischen!!!

Endlich war ich an der Reihe. Ich bezahlte und rannte aus dem Laden. Ich holte Ella am Ende der Straße ein. Wir schlenderten lässig hinter dem Mann her und taten so, als würden wir ihm nicht folgen. Hin und wieder blieben wir vor einem Schaufenster stehen, damit wir ihm nicht zu nahe kamen. Ich entdeckte ein paar ganz nette Klamotten. Wenn wir nicht gerade auf Verfolgungsjagd gewesen wären, hätte ich mir vielleicht einen total süßen Bikini gekauft.

Der Mann bog in eine Straße ein und betrat ein Haus. Ella und ich bezogen gegenüber Position, behielten das Haus im Blick und futterten Chips, während wir warteten. „Und was jetzt?“, fragte ich.

„Keine Ahnung. Wir könnten warten, bis er wieder herauskommt. Dann schleichen wir rüber und schauen durch alle Fenster, um zu sehen, ob Mike irgendwo da drin ist“, schlug Ella vor. Ihr Handy piepte. „Sean schreibt, dass es immer noch kein Lebenszeichen von Mike gibt. Jools macht sich jetzt ernsthaft Sorgen.“

Sie schaute mich an. „Soll ich ihnen sagen, was wir hier machen?“

Ich dachte kurz darüber nach. „Nein, sonst denken die anderen bestimmt, wir sind total durchgedreht. Schreib ihnen einfach, dass wir im Ort nach Mike suchen und bald wieder zurück sind.“

„Ohne Mike können wir heute Abend nicht auftreten“, stellte Ella traurig fest. „Kaum zu glauben, dass er jetzt nicht hier ist, uns die Chips wegfuttert und dumme Witze macht.“

„Ich weiß. Mir fehlt er auch sehr“, sagte ich leise.

Wir saßen eine Weile schweigend da. Es war ganz still. Abgesehen vom Knistern der Chipstüten natürlich. Doch dann, plötzlich –

„Er verlässt das Haus!“, zischte Ella und stieß mich an.

Ich verschluckte mich fast an meinen Chips. „Okay, bleib ganz ruhig. Denk dran, wir sitzen hier einfach nur so herum.“

Der Mann sah zu uns herüber, als er aus dem Haus kam, aber wir starrten auf Ellas Handy, als wäre es das Spannendste seit der Erfindung des Telefons. Kurz danach war er um die Ecke verschwunden.

„Schnell!“, flüsterte Ella.

Wir rannten über die Straße und betraten den Vorgarten. Ella sah durch die Fenster neben der Haustür. „Nichts!“

„Hier ist ein Tor!“ Ich stieß das Tor auf. „Es ist offen. Sollen wir hinters Haus gehen?“

Ella zögerte. Dann nickte sie. „Ja! Wir müssen Mike retten!“

Wir schlichen um das Haus herum und landeten im Hintergarten. Von hier aus konnten wir in die Küche sehen, aber sie war leer.

Mist! Was sollten wir jetzt machen? „Tja, ich schätze, hier endet die Spur“, stellte ich fest.

Ella nickte traurig. „Dabei hätte ich geschworen, dass wir Mike hier finden!“

Ich sah noch einmal durch das Küchenfenster und entdeckte eins von den Band-Postern, die auch in der Ferienanlage hingen. Ich schnappte nach Luft. „Sieh dir das an, Ella! Der Typ hat eins von euren Postern! Er kennt euch! Vielleicht ist er ein Stalker! Mike könnte in diesem Moment irgendwo da drinnen liegen, gefesselt und nicht in der Lage, um Hilfe zu rufen!“

Ella sah mich unschlüssig an.

Ich dachte blitzschnell nach. Was würden Abby und Sophie in so einer Situation sagen? Ich wusste die Antwort. *Rettet ihn!!!*

„Komm, Ella“, sagte ich. „Lass uns nachsehen, ob wir irgendwo ein offenes Fenster finden, durch das wir ins Haus gelangen können.“

„Aber wir können doch nicht einfach in ein fremdes Haus einbrechen!“ Ella sah ehrlich schockiert aus.

Ich nickte. „Ich weiß. Wir sollten das nicht tun. Aber vielleicht ist Mike da drin!“

Wir schwiegen einen Moment. Ich dachte an all die Gründe, die dagegensprachen.

Fünf Gründe, warum man niemals in ein fremdes Haus einbrechen sollte:

1. Es ist ungesetzlich!!!
2. Was sollen wir sagen, wenn wir erwischt werden?
3. Es könnte ein Komplize im Haus sein!
4. Meine Mutter würde mich umbringen, wenn sie davon wüsste. Und Oma auch!
5. Uns fehlt die richtige Ausrüstung für einen Einbruch – zum Beispiel Handschuhe. Wir könnten Fingerabdrücke hinterlassen!!!

Andererseits …

„Na ja, wo wir schon mal hier sind …“, sagte Ella langsam.

„Genau! Los, wir sehen uns nur schnell um, und dann verschwinden wir wieder. Der Typ wird nichts davon merken.“

„Und wenn er eine Alarmanlage hat?“, flüsterte Ella.

„Dann müssen wir eben rennen! Aber die Alarmanlage funktioniert sowieso nicht, wenn ein Fenster offen steht“, behauptete ich. Ich klang zuversichtlicher, als ich war. „Ich bin mir ganz sicher, dass dieser Typ etwas mit Mikes Verschwinden zu tun hat!“

„Okay, okay.“ Ella stand an der Hintertür. „Wir können ja erst mal den Klassiker ausprobieren.“ Sie bückte sich und hob die Fußmatte hoch. Darunter lag ein Schlüssel. „Dieser Typ ist wirklich nicht besonders vorsichtig“, murmelte sie, während sie die Tür aufschloss.

„Zum Glück!“, gab ich zurück.

Wir schlichen ins Haus, immer in der Erwartung, dass gleich die Alarmanlage losging. Aber alles blieb still. Es war total unheimlich. Ich zitterte vor Aufregung und Angst. Na ja, hauptsächlich vor Angst, wenn ich ehrlich sein soll. Was, wenn der Mann zurückkam? Was, wenn Mike gar nicht hier war? Aber ich war mir sicher, dass wir wenigstens irgendeinen Hinweis finden würden.

Wir warfen einen Blick ins Wohnzimmer, doch dort war Mike nicht. Genauso wenig wie im Esszimmer.

„Schnell! Lass uns oben nachsehen", flüsterte Ella. „Bevor der Typ wieder auftaucht."

Wir schlichen gerade die Treppe hinauf, als wir einen Schlüssel im Schloss hörten. Der Mann kam zurück – und er hatte uns den Fluchtweg abgeschnitten!!!

Siebtes Kapitel

Er entdeckte uns, sobald er die Tür geöffnet hatte. „Wer seid ihr? Was macht ihr in meinem Haus?“

Wir waren wie gelähmt und bekamen keinen Ton heraus. Ella umklammerte meinen Arm.

„Na los! Was habt ihr hier verloren? Antwortet oder ich rufe die Polizei!“ Er zog sein Handy hervor, ohne uns auch nur eine Sekunde aus den Augen zu lassen.

„Nein! Tun Sie das nicht! Wir … wir sind Freunde von Mike“, stammelte ich. *Mist! Warum hatte ich Mike erwähnt? Jetzt würde der Typ uns wahrscheinlich auch entführen!!!*

„Mike?“ Der Mann zögerte.

„Ja, Michael Tucker. Wir spielen in derselben Band“, erklärte Ella.

„Ah ja, *Fusion*", sagte der Mann.

„Genau. Wir wissen, dass Sie diese Woche mehrmals mit Mike in der Ferienanlage gesprochen haben", sagte ich mutig. Dabei hatte ich eigentlich furchtbare Angst. Hätten wir doch nur Sean mitgeteilt, wo wir waren, als wir auf seine SMS geantwortet hatten!

„Tatsächlich?" Der Mann legte sein Handy auf den Tisch im Flur, und plötzlich erschien ein Lächeln auf seinem Gesicht – ein breites, strahlendes Lächeln, genau wie das von Mike. „Warum kommt ihr nicht zu mir nach unten? Ihr braucht keine Angst zu haben."

Ella und ich wechselten einen Blick. Was hatte das zu bedeuten? Und wo war Mike? „Unsere Freunde wissen, wo wir sind", log ich.

„Ihr könnt mir vertrauen. Ich werde nicht die Polizei rufen. Mikes Freunde sind auch meine Freunde. Kommt runter, dann können wir uns unterhalten." Er zeigte zum Wohnzimmer.

Ella und ich gingen langsam die Treppe hinunter. Wir hatten beide unsere Handys griffbereit, falls der Mann eine falsche Bewegung machte.

„Ich setze schnell Teewasser auf, dann können wir uns in Ruhe unterhalten“, rief er und verschwand in der Küche.

Ella und ich betraten das Wohnzimmer und setzten uns dicht nebeneinander auf das Sofa.

„Was glaubst du, hat er vor?“, flüsterte Ella.

„Keine Ahnung. Besser, wir sind jederzeit fluchtbereit. Aber vielleicht ist er ja auch in Ordnung. Lass uns erst mal hören, was er zu sagen hat.“ Ich war starr vor Angst, versuchte aber, mir nichts anmerken zu lassen.

Ella hakte sich so fest bei mir ein, als würde ihr das Sicherheit geben.

Der Mann kam zurück und nahm uns gegenüber Platz. „Das Teewasser braucht noch einen Moment“, sagte er. „Ich bin übrigens Steve. Und wie heißt ihr?“

„Ella“, sagte Ella nervös.

Sollten wir nicht besser falsche Namen angeben? Aber jetzt war es sowieso zu spät.

„Ich bin Lisa“, stellte ich mich vor.

„Mike hat von euch beiden gesprochen“, sagte Steve.

„Tatsächlich?“, fragte ich.

„Ja, er schreibt gerne Songs mit dir, Ella. Er findet dich sehr talentiert. Und er hat mir erzählt, dass er sehr froh ist, dir begegnet zu sein, Lisa.“ Steve zwinkerte mir zu.

Ich wurde rot. Wenn Mike diesem Mann so private Dinge anvertraut hatte, musste er eigentlich in Ordnung sein. Aber warum hatte Mike überhaupt mit ihm über uns geredet?

„Woher kennen Sie Mike eigentlich?“, fragte ich beiläufig.

Der Mann zögerte. „Tja, also … das ist eine interessante Frage.“ Er stand auf. „Tee?“

Wir nickten, und er verließ wieder das Zimmer.

„Das ist echt merkwürdig“, flüsterte Ella. „Sieht ganz so aus, als wäre dieser Typ Mikes Freund.“

„Aber warum haben sie sich dann heimlich am Tor getroffen?“, überlegte ich. „Da ist garantiert irgendetwas faul.“

Steve kam mit drei Teebechern zurück. Ella musste ihren Arm von meinem lösen, um ihren Becher halten zu können. Ich hatte für alle Fälle immer noch mein Handy griffbereit.

„Sind Sie ein Verwandter von Mike?“, fragte Ella.

Steve lachte. „So könnte man es nennen … Was soll’s, es bringt ja nichts, noch länger um den heißen Brei herumzureden. Ich bin Mikes Vater.“

Ella und ich sahen einander verwirrt an.

„Aber das kann nicht sein!“, rief Ella. „Ich hab Mikes Vater mal getroffen, als Mike und ich noch zur Schule gegangen sind. Das waren nicht Sie.“

„Nein, ich bin sein leiblicher Vater. Mike wurde adoptiert.“

„Wahnsinn!“, platzte ich heraus. „Das ist ja krass!“

„Allerdings.“ Steve nickte. „Mike hat vor ungefähr einem halben Jahr Kontakt zu mir aufgenommen, und seitdem schreiben wir uns regelmäßig. Als er mir schrieb, dass er und seine Band in der Ferienanlage auftreten, habe ich beschlossen, mir hier eine Wohnung zu mieten, um mich mit Mike treffen zu können, ohne dass seine Adoptiveltern etwas davon mitbekommen. Er hat ihnen noch nichts von mir erzählt.“

„Wahnsinn!“, sagte Ella. „Das wusste ich ja gar nicht.“

„Nun ja, wir haben noch nicht besonders viel

Zeit miteinander verbracht. Vielleicht wollte Mike die Sache für sich behalten, bis er mich besser kennt. Um sicherzugehen, dass sein Vater nicht total peinlich ist!“ Steve lachte. „So, und jetzt seid ihr an der Reihe. Warum schleicht ihr hier herum?“

„Mike ist verschwunden“, erklärte ich. „Wir … nun ja … wir wussten nicht, wer Sie sind. Darum dachten wir, Sie hätten Mike vielleicht entführt oder so was.“ Ich merkte, wie ich rot wurde. Unser Verdacht klang auf einmal total lächerlich.

„Was soll das heißen, Mike ist verschwunden?“, fragte Steve. Er stellte seinen Becher auf den Tisch und starrte mich an.

„Wir haben ihn heute den ganzen Tag noch nicht gesehen, und sein Bett war unbenutzt“, erzählte Ella. „Sie waren unsere einzige Spur. Falls Sie wissen, wo er ist …“

Steve war blass geworden. „Ich hab ihn gestern Abend zum letzten Mal gesehen. Er rief von einer Party am Strand aus an und fragte, ob er zu mir kommen könne, um zu reden. Wir haben uns lange unterhalten, dann wollte er einen Spaziergang machen, um über alles nachzudenken. Er war sich nicht sicher, wie er seinen Adoptiveltern am besten beibringen sollte, dass er mich getroffen hat. Darum wollte er zu Fuß zur Ferienanlage zurückgehen."

„Aber dort ist er nicht angekommen." Meine Stimme klang heiser. Allmählich spielten meine Nerven nicht mehr mit. Ich war total am Ende.

„Oh nein! Das ist alles meine Schuld!", stöhnte Steve. „Warum hab ich Mike nicht zurück zur Ferienanlage begleitet?" Er vergrub seinen Kopf in den Händen.

„Hat Mike gesagt, wo er langgehen wollte?", fragte Ella eindringlich.

„Er hat irgendetwas davon gemurmelt, dass er den langen Weg zur Ferienanlage nehmen will, um den Kopf freizubekommen ..."

Ella und ich sahen einander entsetzt an. Was, wenn Mike den Pfad über die Klippen genommen hatte? Es war ausgesprochen gefährlich, dort im Dunkeln entlangzugehen.

Ich sprang auf. „Er muss noch irgendwo auf den Klippen sein! Vielleicht ist er verletzt! Wir müssen ihn finden!"

„Geh nicht alleine, Lisa!“, rief Steve mir nach, als ich aus dem Zimmer stürmte. „Warte! Ich rufe die Polizei! Sie werden Mike finden!“

Aber ich konnte nicht warten. Ich musste Mike retten! Ich konnte den Gedanken nicht ertragen, dass er irgendwo dort draußen lag. Warum hatte ich nicht schon früher an den Klippenpfad gedacht? Ich war wirklich eine dumme Nuss! Wenn er die ganze Nacht dort gelegen hatte … Aber jetzt konnte ich nur noch hoffen, ihn so schnell wie möglich zu finden.

Ich rannte die Straße hinauf bis zu dem Fußweg, der sich an den Klippen entlangschlängelte. Der Pfad führte zur Ferienanlage, und es machte durchaus Sinn, dass Mike diesen Weg genommen hatte, wenn er Zeit zum Nachdenken brauchte.

„Mike!“, rief ich. „Mike!!! Wo bist du?“ Jetzt wünschte ich, Laura wäre bei mir. Ihre dröhnende Stimme wäre ausnahmsweise einmal eine große Hilfe gewesen. „Mike!!!“

Nach kurzer Zeit bekam ich Seitenstechen vom Rennen und musste langsamer weitergehen. Aber ich hörte nicht auf zu rufen.

Der schöne Sommertag hatte sich verändert. Es war, als wüsste das Wetter, wie verzweifelt ich war, und wollte sich meiner Stimmung anpassen. Der Wind peitschte mir ins Gesicht und blies mir die Haare in die Augen. Wolken ballten sich am Horizont zusammen. Es war keine Menschenseele in der Nähe. Ich sah nichts als jede Menge Gras zu meiner Rechten und den Klippenrand zu meiner Linken. Kein Mike. Kein gar nichts. Nicht einmal jemand, der seinen Hund ausführte.

„Mike! Wo bist du?“, rief ich verzweifelt. Ich konnte es einfach nicht glauben. Ich war mir so sicher gewesen, dass ich Mike hier oben finden würde. Ich blieb stehen. Es war hoffnungslos. Was sollte ich jetzt tun? *Wo war Mike?*

Ich stellte mich auf die Klippen und sah zum Horizont. Das Licht, das durch die Wolken fiel, war hell und glitzerte auf dem Meer. Der Wind blies mir immer noch die Haare ins Gesicht. Aber ich konnte nur an Mike denken, der jetzt irgendwo ganz alleine war und nicht um Hilfe rufen konnte. Ich war erschöpft, verängstigt und verzweifelt. Ich brach in Tränen aus und sank schluchzend auf die

Knie. Wieder hatte ich gehofft, eine Spur gefunden zu haben. Wieder war ich enttäuscht worden. Mike war immer noch verschwunden.

Vorsichtig warf ich einen Blick über den Rand der Klippen. Das Kliff war wirklich sehr hoch. Plötzlich sah ich etwas Dunkles auf einem Felsvorsprung, der nur ein kleines Stück weiter unten aus den Klippen ragte.

Ich nahm eine Bewegung wahr, und mein Herz machte einen Satz. „Mike!“, rief ich. Unter mir bewegte sich wieder etwas – eine Hand winkte mir zu!

Ich hatte Mike gefunden! Und er war noch am Leben!!!

Achtes Kapitel

Ich wusste sofort, was ich zu tun hatte. Ich nahm mein Handy und wählte die Notruf-Nummer.

„Hallo … wir brauchen einen Arzt … Ich bin bei den Klippen gleich hinter Smallhampton, und hier liegt jemand auf einem Felsvorsprung. Ich glaube, er ist abgestürzt … ja, auf einem Felsvorsprung … Lisa Parker … Ich glaube, er liegt schon die ganze Nacht hier … Ja, okay, danke."

Die Stimme am anderen Ende hatte gesagt, sie würden einen Hubschrauber schicken, um Mike zu holen. Ich sollte erreichbar bleiben, sodass ich nicht einmal Ella anrufen konnte, um ihr zu sagen, dass ich Mike gefunden hatte.

Ich lehnte mich über die Klippen und winkte Mike zu. „Sie schicken einen Hubschrauber!", rief ich. „Er ist schon unterwegs!“ Aber ich glaube nicht, dass er mich hören konnte. Der Wind blies meine Worte in die andere Richtung davon.

Eine Weile kniete ich auf den Klippen, winkte abwechselnd zu Mike hinunter und hielt am Horizont nach dem Hubschrauber Ausschau. *Beeilt euch!* Ich sah wieder zu Mike hinunter. Er bewegte sich nicht mehr. Es schien ihm nicht gut zu gehen. Ich musste zu ihm und mich vergewissern, dass alles in Ordnung war. Aber wie? Als ich nach links sah, bemerkte ich, dass das Kliff dort nicht ganz so steil war. Zum Glück trug ich Turnschuhe mit einer besonders rutschfesten Sohle.

„ Mike! Ich komme!“, rief ich.

Ich steckte das Handy in die Hosentasche und strich mir die Haare aus dem Gesicht. Dann atmete ich einmal tief durch, legte mich auf den Bauch und rutschte rückwärts über die Klippen, bis meine Beine über dem Abgrund baumelten. Ich hielt mich an einem Grasbüschel fest und tastete vorsichtig mit den Füßen nach einem Halt. Ich fand eine schmale Felsspalte, in die ich meine Füße zwängen konnte, und ließ mich langsam nach unten gleiten. Mit der einen Hand hielt ich mich immer noch an dem Grasbüschel fest, mit der anderen krallte ich mich in den Fels. Dann ließ ich das Grasbüschel los.

Ich stand jetzt flach gegen die Klippen gedrückt, und mein Herz hämmerte wie verrückt gegen meine Brust. Alles, was ich hören konnte, waren mein Herzschlag und eine Stimme in meinem Kopf, die flüsterte: *Nicht nach unten schauen! Schau auf keinen Fall nach unten, Lisa!*

Es dauerte eine halbe Ewigkeit, bis ich Mike erreicht hatte, obwohl der Felsvorsprung gar nicht so weit entfernt war. Aber ich musste immer wieder kurze Pausen einlegen, um einen sicheren Halt für meine Füße zu finden und um tief durchzuatmen. Du schaffst es, Lisa!, sagte ich mir mindestens tausendmal. Ich musste an Miss Osbourne, unsere Sportlehrerin, denken, die immer herummeckerte, weil ich angeblich zu wenig Einsatz zeigte. Schade, dass sie mich jetzt nicht sehen konnte! Ich versuchte, mich ganz darauf zu konzentrieren, zu Mike zu gelangen. Wenn ich von den Klippen stürzte, würden Sophie und Abby mich umbringen!

Als ich es fast geschafft hatte, rief ich: „ Mike?“

„Lisa! Sei vorsichtig!“, antwortete er. Er klang sehr schwach.

Mir kamen beinahe die Tränen, als ich seine Stimme hörte.

Endlich hatte ich den Felsvorsprung erreicht. Meine Beine waren so weich wie gekochte Spaghetti. Mike lag auf dem Boden. Als er ein Stück zur Seite rutschen wollte, um mir Platz zu machen, keuchte er vor Schmerzen.

„Mike! Wir haben uns solche Sorgen gemacht!“ Ich kniete mich neben ihn und versuchte, ihn zu umarmen. „Was ist passiert?“

„Ich bin gestolpert und abgestürzt“, sagte er und stöhnte. „Ich glaube, ich hab mir den Knöchel gebrochen. Es tut höllisch weh.“

„Du bist ja eiskalt!“ Ich zog meine Jacke aus und deckte ihn damit zu. „Hast du die ganze Nacht hier gelegen?“

„Yep!“ Mike versuchte zu lächeln. Er war leichenblass, und seine Haare standen in alle Richtungen ab. Sein linker Fuß war ganz verdreht und der Knöchel geschwollen. Mike zuckte zusammen, als ich mich über sein Bein beugte, um einen Blick auf seinen Fuß zu werfen. „Mein Handy ist ins Meer gefallen, darum konnte ich keine Hilfe rufen."

„Ich hab die Notrufzentrale verständigt. Sie schicken einen Rettungshubschrauber", sagte ich. „Und Steve hat die Polizei informiert."

„Du hast Steve kennengelernt?", fragte Mike.

Ich nickte. „Er hat uns von deinem Geheimnis erzählt."

Mike machte ein verlegenes Gesicht.

„Aber das ist jetzt nicht so wichtig", sagte ich. „Hauptsache, wir haben dich endlich gefunden. Nun wird alles wieder gut."

„Ich fass es nicht, dass du tatsächlich hier heruntergeklettert bist!" Mike schüttelte den Kopf. „Du bist wirklich unglaublich, Lisa!"

Ich wurde rot. Ehrlich gesagt konnte ich selbst kaum glauben, was ich getan hatte. Als ich zum oberen Rand der Klippen zurückblickte, stieg Panik in mir auf. Es war wirklich *ziemlich* dumm von mir gewesen, da hinunterzuklettern.

„Na ja, weißt du …", fing ich an.

„Vielen, vielen Dank, Lisa", unterbrach mich

Mike. Er versuchte zu lächeln, doch er zitterte so stark, dass es ihm nicht richtig gelang.

Als sich unsere Blicke trafen, entstand ein betretenes Schweigen. Es war eine ziemlich merkwürdige Situation. Ich war wahnsinnig froh, Mike zu sehen, und er war wahnsinnig froh, mich zu sehen (obwohl er sich in diesem Moment wahrscheinlich über den Anblick von jeder anderen Person genauso gefreut hätte). Gleichzeitig war ich total verlegen. Immerhin hatte ich Mike gerade gezeigt, wie sehr ich ihn mochte – indem ich sämtliche Knochen für ihn riskiert hatte. Jetzt wusste ich nicht so genau, wie es weitergehen sollte. Ich glaube, Mike war die Situation auch ein bisschen peinlich. Sein Knöchel schien höllisch wehzutun, aber er versuchte, sich nichts anmerken zu lassen. Außerdem war er von einem Mädchen gerettet worden.

Wo blieb dieser verdammte Hubschrauber?

Mike begann wieder zu zittern.

„Dir ist immer noch kalt, oder?“, fragte ich.

Mike nickte. „Außerdem hab ich einen Bärenhunger. Und ein bisschen Angst. Dieser Felsvorsprung ist ziemlich klein.“

„Was den Hunger und den Felsvorsprung betrifft, kann ich leider nichts tun“, sagte ich. „Aber rutsch doch mal ein Stück zur Seite.“

Mike zuckte zusammen, als er mir Platz machte. Ich setzte mich neben ihn und schlang die Arme um meine Knie. Wir saßen so dicht nebeneinander, dass wir uns gegenseitig ein bisschen wärmen konnten. Aber so richtig viel brachte das nicht.

Jetzt konnten wir nur noch auf den Rettungshubschrauber warten.

Fünf Minuten später hörten wir das Geräusch eines näher kommenden Hubschraubers. Ich setzte mich vorsichtig auf und winkte, als der Helikopter auf uns zuflog. Dann warf ich einen Blick nach unten – ups! – und sah eine Menge Leute am Strand stehen. Sie winkten, und ich winkte zurück.

„Autsch!“, stöhnte Mike, als er sich ebenfalls aufrichten wollte.

„Bleib einfach ganz ruhig sitzen“, befahl ich. „Beweg dich nicht.“

Der Hubschrauber war jetzt direkt über uns. Ich konnte sehen, wie sich jemand herauslehnte und winkte. Ich winkte zurück. Es war sehr laut, und der Helikopter verursachte eine Menge Wind. Das Meer unter uns war ganz aufgewühlt – genauso wie mein Magen. Ich klammerte mich an Mike, damit wir nicht vom Felsvorsprung geweht wurden. (Okay, und weil es ein tolles Gefühl war, seine Nähe zu spüren, ich geb's zu!)

Dann wurde ein Mann an einem Seil langsam zu uns heruntergelassen.

„Hallo!“, rief er über das Knattern des Hubschraubers hinweg, als er auf dem Felsvorsprung landete. Ich stand auf, um ihm Platz zu machen. „Ich dachte, hier unten wäre nur eine Person!“

Ich machte ein schuldbewusstes Gesicht.

„Na ja, das klären wir später. Zuerst bringen wir dich hier weg“, sagte er zu mir. „Dann haben wir Platz für die Krankentrage. Wie heißt du?“

„Lisa“, rief ich über den Lärm hinweg.

Er legte einen Gurt und einige Seile um meine Taille. „Ich bin Phil. Halt dich an mir fest, Lisa, gleich geht's nach oben. Bin sofort zurück, Kumpel!“

Ich schlang meine Arme um Phil und lächelte

Mike zu, der ziemlich besorgt aussah. Dann winkte Phil zum Hubschrauber hinauf. Und plötzlich baumelten wir in der Luft!

„Aaaaaah!“, schrie ich.

„Keine Angst, dir kann nichts passieren!“, rief Phil. Ich konnte ihn kaum verstehen, weil mir der Wind so um die Ohren brauste. „Halt dich einfach nur fest!“

Das musste er mir nicht zweimal sagen. Ich klammerte mich an ihn, als würde mein Leben davon abhängen. Und das tat es ja auch. Wir wirbelten mehrmals im Kreis herum, während wir langsam nach oben gezogen wurden. Je näher wir dem Hubschrauber kamen, desto lauter wurde es.

Dann erschien ein Arm aus der geöffneten Einstiegsluke, griff nach uns und zog uns hinein. Wir landeten auf dem Boden des Hubschraubers.

„Da wären wir!“, sagte Phil und machte mich los. „Du setzt dich am besten einfach dort hinten hin, und ich hole deinen Freund. Wie heißt er?“

„Mike. Er heißt Mike. Und er hat sich wahrscheinlich den Knöchel gebrochen.“ Ich kletterte mühsam auf einen der Sitze. Der Mann, der uns in den Hubschrauber gezogen hatte, gab mir eine Jacke. Dann half er Phil dabei, eine Krankentrage am Seil zu befestigen.

„Okay, wir sind bald zurück. Mach dir keine Sorgen." Phil wurde wieder nach unten gelassen. Diesmal stand er auf der Trage.

Die Zeit verging quälend langsam, und während ich wartete, malte ich mir die schrecklichsten Dinge aus: wie Mike von der Trage fiel, wie die Liege beim Hochziehen gegen die Klippen krachte, wie das Seil riss …

„Keine Sorge, Phil ist ein sehr erfahrener Rettungsarzt. Bei ihm ist Mike in den besten Händen", sagte der andere Typ. „Ich bin übrigens Barry. Und der Pilot heißt Clive. Wir haben das schon oft gemacht."

Der Pilot winkte mir fröhlich zu, ohne sich umzudrehen. Wahrscheinlich brauchte er seine volle Konzentration, um den Hubschrauber nicht gegen die Klippen zu lenken.

„Bist du das Mädchen, das den Notruf verständigt hat?", fragte Barry. „Ich dachte, es wäre nur eine Person auf dem Felsvorsprung."

„Äh, na ja … ich bin hinuntergeklettert, um nachzusehen, ob mit Mike alles in Ordnung ist", erklärte ich.

„Du bist *was*?", rief Barry. „Weißt du eigentlich, wie dumm das war? Du hättest dabei umkommen können!"

„Ich weiß." Ich musste daran denken, wie lang mir die Kletterpartie vorgekommen war und wie zitterig ich hinterher gewesen war. Ich hatte mich wirklich ziemlich dumm benommen. Ich fing an zu weinen.

„Du darfst so etwas nie wieder tun", sagte Barry streng. „Du hättest dich nicht vom Fleck rühren dürfen. Hat die Person am Telefon dir das nicht gesagt?"

Ach ja, die Person am Telefon … Ich zog mein Handy hervor. Das Display zeigte zehn entgangene Anrufe an.

Die Verbindung zur Notruf-Zentrale musste unterbrochen worden sein, als ich die Klippen hinuntergeklettert war. Und auf dem Felsvorsprung hatte ich das Klingeln wegen des Windes nicht gehört. Ups!

„Was wäre mit deinem Freund passiert, wenn du auch abgestürzt wärst?“, fragte Barry. „Damit hättest du ihm nicht gerade geholfen, oder?“

„Es tut mir so leid“, schluchzte ich. „Aber ich hab mir solche Sorgen um ihn gemacht.“

„Ich weiß.“ Barry legte seinc Hand auf meine Schulter. „Du brauchst nicht zu weinen. Alles wird gut. Aber wenn du das nächste Mal in solch einer Situation bist, rührst du dich nicht vom Fleck, okay?“

Ich nickte heftig. *Es wird kein nächstes Mal geben!*

Plötzlich tauchte Phils grinsendes Gesicht in der Einstiegsluke auf. Dann sah ich Mike. Er lag warm eingepackt auf der Krankenliege und war sehr weiß im Gesicht. Er biss sich auf die Lippe und versuchte tapfer zu sein.

Kurze Zeit später war Mike in Sicherheit. Er war auf der Trage festgeschnallt und stöhnte vor Schmerzen. Vermutlich tat das Vibrieren des Hubschraubers seinem Knöchel nicht gerade gut. Aber er schaffte es trotzdem, mir zuzulächeln.

„Jetzt geht's ins Krankenhaus“, sagte Phil und setzte sich vorne im Hubschrauber neben Clive.

„Seht mal, ihr seid berühmt!“, rief Barry und zeigte aus dem Seitenfenster.

Als wir einen Bogen flogen, konnte ich den Strand sehen. In der Zwischenzeit hatten sich dort noch mehr Leute versammelt. Sie sahen zum Hubschrauber hinauf und winkten. Ich winkte zurück. Hoffentlich waren die anderen Bandmitglieder auch irgendwo dort unten.

Ich hatte es geschafft! Ich hatte Mike gerettet!

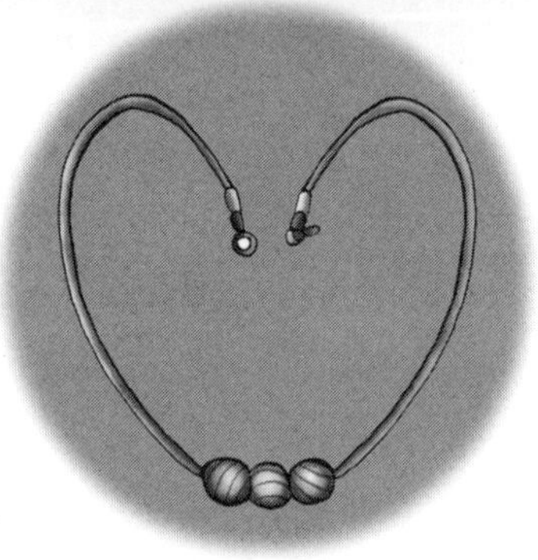

Neuntes Kapitel

Ein paar Tage später war es an der Zeit, wieder nach Hause zurückzufahren. Ich konnte einfach nicht glauben, dass die Ferien so schnell vergangen waren!

„Dann bist du jetzt also doch ganz froh, dass du mit Oma und mir mitgekommen bist, anstatt nach Frankreich zu fahren?“, fragte meine Mutter, als sie ihren Gymnastikanzug einpackte. Vorher hatte sie mir wegen meiner Kletterpartie über die Klippen eine ewig lange Standpauke gehalten. Sie hatte fast einen Herzanfall bekommen, als sie davon gehört hatte. Mum und Oma hatten mich in den letzten Tagen andauernd deswegen zur Schnecke gemacht. Dabei wäre das gar nicht nötig gewesen. Ich hatte meine Lektion gelernt. Miss Osbourne würde damit leben müssen, dass es keine weiteren Darbietungen meiner sportlichen Fähigkeiten geben würde. Ich würde nie wieder irgendwo hinauf- oder hinunterklettern. Aber ich konnte verstehen, warum Mum sauer war, und ich hatte alles getan, um die Sache wiedergutzumachen. Ich hatte mein Versprechen gehalten und Judy beim Putzen geholfen, und ich war sogar noch einmal zu einem Auftritt der *Bananensplits* gegangen. Und ich musste tatsächlich zugeben, dass es tolle Ferien gewesen waren.

„Ich bin sehr froh, dass wir hierhergefahren sind, Mum“, sagte ich und umarmte sie. „Du hattest recht, wie immer.“

Sie lachte. „Hauptsache, du vergisst das nicht wieder. Hast du deine Sachen gepackt? Wir müssen die Hütte bis zwölf Uhr geräumt haben.“

„Ich bin fertig. Darf ich kurz zum Pool gehen? Ich will mich noch von den anderen verabschieden.“

„Na klar, schieb ab“, sagte Mum. In diesem Moment klopfte es an der Tür. „Kannst du bitte aufmachen, Lisa?“

Es waren Jools und die Band! Allerdings ohne Mike. Ich hatte ihn nicht mehr gesehen, seit er aus dem Krankenhaus entlassen worden war. Steve hatte ihn zu sich nach Hause geholt, um ihn dort zu pflegen, sodass Mike nicht in die Ferienanlage zurückgekehrt war. Vermutlich musste er sich erst einmal erholen. Außerdem war es natürlich die perfekte Gelegenheit für ihn, seinen leiblichen Vater besser kennenzulernen. Und Steve konnte Mikes Adoptiveltern kennenlernen, die sofort angereist waren, als sie gehört hatten, was passiert war. Aber ich wünschte mir trotzdem, er würde wieder zurückkommen. Als ich ihn zum letzten Mal gesehen hatte, war er gerade auf einer Trage ins Krankenhaus gebracht worden …

„Hi, Lisa!“, rief Laura. „Wir wollten uns von dir verabschieden.“

„Und dir das hier zeigen.“ Ella hielt mir die Lokalzeitung hin.

„Kommt doch rein!“ Ich nahm die Zeitung und ging vor ins Wohnzimmer, wo Oma gerade ihren Miss-Marple-Krimi zu Ende las. Auf der ersten Seite der Zeitung prangte ein großes Foto von Mike und mir. Es war aufgenommen worden, kurz nachdem wir aus dem Hubschrauber gestiegen waren. Wir sahen etwas zerzaust und durchgeschüttelt aus, aber es waren trotzdem eindeutig Mike und ich! Und wir hielten eindeutig Händchen!!! Ich konnte es kaum erwarten, das Foto Sophie und Abby zu zeigen – und allen anderen an unserer Schule (vor allem Amanda Hawkins)!!!

„Du kannst die Zeitung behalten." Ella lächelte mir zu. „In dem Artikel steht, wie mutig du gewesen bist."

„Danke! Zu blöd, dass wir heute schon nach Hause fahren."

„Finde ich auch", sagte Ella. „Wir reisen nachher ebenfalls ab. Aber wir bleiben in Kontakt, okay? Du hast ja meine Nummer!"

„Klar. Und du meine." Ich umarmte Ella. Sie würde mir fehlen.

„Und hier ist Mikes E-Mail-Adresse", raunte sie mir zu und drückte mir einen Zettel in die Hand. „Er würde sich bestimmt auch sehr freuen, von dir zu hören."

„Vielen Dank." Ich konnte einfach nicht glauben, dass ich mich nicht persönlich von ihm verabschieden würde. Ein Teil von mir hatte bis jetzt gehofft, er würde an unserem letzten Tag in der Ferienanlage auftauchen, aber offensichtlich hatte er es nicht geschafft.

Ich umarmte auch die anderen Bandmitglieder. Sie waren so nett zu mir gewesen – Jools hatte noch tagelang davon geredet, wie toll es gewesen war, dass ich Mike gefunden hatte. Ohne Mike hatte die Band die restlichen Auftritte absagen müssen, sodass die letzten Tage sehr ruhig verlaufen waren. Aber in erster Linie waren alle froh, dass es Mike gut ging – und erleichtert, weil sich das Geheimnis um sein ständiges Verschwinden aufgeklärt hatte.

„Wir werden unser Internet-Tagebuch auf jeden Fall weiterführen“, versprach Sean feierlich, als er mich umarmte.

„Das solltet ihr auch“, gab ich zurück.

„Pass auf dich auf, Lisa!“, brüllte Laura. „Tu nichts, was ich nicht auch tun würde!“

Oma sah von ihrem Buch auf. „Das sage ich auch immer! Ein sehr vernünftiger Ratschlag!“

In diesem Moment hörten wir ein leises Hüsteln, und alle sahen zur Tür. Dort stand Gerry mit einem Blumenstrauß in der Hand. Oma wurde knallrot.

„Hallo, Pam“, sagte Gerry. „Dürfte ich dich einen Moment entführen?“

Oma zog ihren Regenmantel an und ging zur Tür, wo Gerry ihr die Blumen überreichte. Sie gab sie an mich weiter und nahm Gerrys Arm. „Wir drehen nur eine kleine Runde durch die Anlage, Lisa. Sag deiner Mutter, dass ich gleich zurück bin.“

Ich schaute ihnen nach, als sie langsam davongingen. Natürlich wollte sich Oma auch von ihrem neuen Freund verabschieden. Es sah ganz so aus, als würde es heute eine Menge gebrochener Herzen geben.

Meine Mutter erschien im Wohnzimmer. Sie zerrte ihren Koffer hinter sich her. Jools sprang auf, um ihr zu helfen.

„Vielen Dank“, sagte Mum. „Ich glaube, wir kennen uns noch nicht.“

„Ich bin Jools“, stellte sich Jools etwas kurzatmig

vor. Bei all den „Kostümen“, die meine Mutter eingepackt hatte, hatte ihr Koffer vermutlich Übergewicht.

„Dann müssen Sie der Band-Manager sein, stimmt's?“, fragte Mum.

Was zum Teufel hatte sie vor?

„Oma und Gerry machen schnell noch einen Spaziergang. Na ja, schnell ist vielleicht das falsche Wort, aber egal. Oma hat gesagt, dass sie gleich wieder da ist“, plapperte ich in der Hoffnung drauflos, meine Mutter so von Jools ablenken zu können. „Sieh mal, er hat ihr Blumen mitgebracht.“

„Wie schön“, sagte Mum. „Also, Jools, Sie kennen doch bestimmt *Bananarama*, oder?“

Ich stöhnte, und Jools nickte vorsichtig.

„Es wäre wirklich wahnsinnig nett, wenn Sie mir den Koffer zum Auto tragen könnten“, sagte Mum. „Vielen Dank! Also, wie Sie ja vielleicht schon gehört haben, singe ich auch ein bisschen ...“ Zum Glück verschwanden Jools und meine Mutter in diesem Moment nach draußen, sodass wir den Rest dieser peinlichen Unterhaltung nicht mehr mitbekamen.

Fünf Minuten später tauchten sie wieder auf. Jools sah ein bisschen gestresst aus, und meine Mutter machte ein enttäuschtes Gesicht.

„Komm jetzt, Lisa!“, sagte sie kurz angebunden. „Wir müssen unsere Schlüssel abgeben.“

Das war's also. Unsere Ferien waren zu Ende. Und kein Mike weit und breit. Ich seufzte, dann umarmte ich die anderen noch einmal. Wir verließen die Blockhütte, und Mum schloss ab.

Oma und Gerry kamen den Weg entlang.

„Auf Wiedersehen, süße Pam.“ Gerry küsste Omas Hand. „Ich hoffe, wir hören bald voneinander.“

„Auf jeden Fall“, kicherte Oma.

Gerry hielt ihr die Autotür auf, und Oma stieg ein. Ich setzte mich nach hinten, und Mum ließ den Motor an.

„Auf Wiedersehen!“ Laura und Ella winkten.

Ich winkte zurück. „Auf Wiedersehen!“

„Viel Spaß mit *Bananarama*!“, rief Sean grinsend.

Dann fuhren wir los. Zurück ins sterbenslangweilige Borehurst, wo es keine gut aussehenden Bandmitglieder gab. Ich seufzte.

Als wir durch das Tor der Ferienanlage fuhren, wurde mein Herz immer schwerer. Da raste plötzlich ein Auto auf uns zu. Es blendete die Scheinwerfer auf und hupte wie verrückt.

„Mum! Fahr rechts ran!“, rief ich. Wer auch immer in dem Auto saß, er schien es ausgesprochen eilig zu haben.

Meine Mutter hielt am Straßenrand, und das andere Auto bremste ebenfalls. Die hintere Tür öffnete sich, und Mike stieg aus!!! Er hatte ein Gipsbein und schwankte leicht, als er versuchte, seine Krücken aus dem Auto zu ziehen. Dann humpelte er auf uns zu.

„Jetzt mach schon, Lisa“, sagte Oma. „Da will sich jemand von dir verabschieden.“

Ich stieg aus dem Auto, rannte zu Mike und schlang meine Arme um seinen Hals.

„Ich dachte schon, ich würde euch verpassen!“ Mike lehnte sich an mich, um nicht das Gleichgewicht zu verlieren. „Ich hab Steve die ganze Zeit gesagt, er soll schneller fahren!“

„Ich bin so froh, dass du da bist“, sagte ich.

„Ich hab etwas für dich.“ Mike nahm seine mexikanische Kette ab. „Die möchte ich dir schenken.“

„Wirklich?“ *Wahnsinn!* Er hatte die Kette *noch nie* abgenommen!

„Ja. Ist natürlich nur eine Kleinigkeit. Immerhin hast du mir das Leben gerettet.“ Er grinste.

Ich wurde rot. „Vielen Dank.“ Ich legte die Kette um.

„Ich werde dich nie vergessen, Lisa. Was du für mich getan hast … das war einfach toll!“ Mike legte seine Arme um mich. „Ich fahre heute Nachmittag nach Hause. Und heute Abend schreib ich dir eine E-Mail, okay?“

„Okay“, flüsterte ich.

„Ich fände es toll, wenn wir weiterhin in Kontakt bleiben würden“, sagte er. Und dann küsste er mich!!! Sein Kuss war sehr sanft, sehr zärtlich und einfach toll!!! Danach wusste ich nicht, was ich sagen sollte.

In diesem Moment drückte Mum auf die Hupe. Sie wusste wirklich, wie man einen romantischen Moment zerstört! *Oh nein - quelle horreur!!!* Mir war gerade klar geworden, dass sie, Oma und Steve meinen ersten Kuss beobachtet hatten!!! Très peinlich! Ich wurde knallrot.

„Ich muss los“, stieß ich hervor.

Mike nickte. „Wir hören bald voneinander, Miss Neugierig!“

Ich setzte mich wieder ins Auto und fing Mums Blick im Rückspiegel auf. „Sag jetzt nichts!“, befahl ich.

Oma summte leise vor sich hin. „Was für ein netter Junge“, trällerte sie.

Ja, Mike war wirklich ein netter Junge. Und er hatte mich geküsst!!! Das musste ich sofort Sophie und Abby mitteilen!

Ich: Bin auf dem Weg nach Hause!
Abby: Kann's kaum erwarten, Dich zu sehen!!! Wir haben Dich soooo vermisst!!! Wie geht's dem Traumboy?!?!
Ich: Er ist sooooo toll!! ☺ Ich erzähle Euch alles, wenn wir uns sehen …
Abby: Uuuuh! Das klingt très aufregend!!
Ich: Allerdings! Macht Euch auf ein längeres Plauderstündchen gefasst … ;-)

Steckbrief

Steckbrief

Name: Sophie McCoy

Alter: 14

Sternzeichen: Fische

Haare: lang, gewellt und dunkelbraun

Augenfarbe: braun

Hobbys: Komplimente für ihre coolen und sehr individuell gestalteten Outfits bekommen

Was sie hasst: Klamotten tragen, die nicht megastylisch sind

Zuletzt gesehen: In einem Secondhand-Shop, wo sie in den Regalen wühlte, um nach Accessoires für ihr neuestes funkiges Outfit zu suchen

Lieblingsspruch: „Lacht ruhig, aber in einem halben Jahr werden das alle tragen!“

Peinlichster Moment ihres Lebens: Als sie einmal aus Versehen im Schlafanzug ihrer Mutter bei einer Pyjamaparty aufgetaucht ist! Sie ist nie so richtig darüber hinweggekommen, dass sie den ganzen Abend lang diesen hässlichen geblümten Schlafanzug tragen musste!

Voll peinli

Ein paar superpeinliche Geschichten von deinen Starg Freundinnen, die jedem passieren können!

Mike

Ich stand auf der Bühne und sang mir die Seele aus dem Leib, als mir plötzlich schlecht wurde. Ich dachte, ich müsste mich übergeben, darum wollte ich die Bühne so schnell wie möglich verlassen. Vor lauter Eile vergaß ich völlig, dass meine Gitarre noch um meinen Hals hing. Ich verhedderte mich mit dem Fuß im Kabel und fiel kopfüber von der Bühne – direkt ins Publikum.
Das war so was von uncool!

Ella

Ich hatte es geschafft, zum Vorspielen bei einer echt coolen Band eingeladen zu werden, und wollte sie unbedingt beeindrucken. Ich zog mein rockigstes Outfit an, nahm die Bassgitarre von meinem Bett und rannte los. Als ich ankam, war ich total nervös. Ich öffnete den Gitarrenkoffer, holte den Bass heraus – und merkte, dass sich eine pinkfarbene Unterhose in den Saiten verfangen hatte. Das war vielleicht peinlich! Zum Glück fanden die Bandmitglieder die Sache so lustig, dass sie einen Song darüber geschrieben haben.

h!

sse-

Sophie

den Ferien in Frankreich entdeckte ich einen coolen Klamotten-
aden. Ich ging hinein und probierte eine Menge Outfits an, bis ich
eßlich ein total süßes Top fand. Das musste ich unbedingt haben!
Ich bezahlte und verließ den Laden – doch plötzlich ging die
Alarmanlage los. Gleich hatte mich ein französischer
Security-Mann gepackt, um mich zum
nächsten Polizeirevier zu schleifen. Zum
Glück tauchte Abby in diesem Moment
auf. Sie konnte den Gorilla davon über-
zeugen, dass ich das Oberteil bezahlt hatte.
Was für ein Albtraum – und wahnsinnig peinlich!

Laura

Als Kind wollte ich unbedingt ein eigenes Schlagzeug haben,
weil ich es kaum erwarten konnte, eine berühmte Drummerin zu werden. Ich
wünschte mir jedes Jahr ein Schlagzeug zu Weihnachten, aber ich bekam
nie eins. Doch dann war es endlich so weit: Weihnachten stand ein
Schlagzeug unter dem Christbaum! Ich fing sofort an zu
trommeln und machte einen Höllenlärm. Irgend-
wann war ich so in Fahrt, dass ich anfing,
die Sticks durch die Luft zu wirbeln.
Plötzlich flogen sie quer durchs Zimmer
und krachten gegen den Fernseher. Die
Mattscheibe zersprang in tausend Scherben.

LISAS MINI-WÖRTERBUCH

Du hast Ausdrücke in diesem Buch gefunden, die du nicht kennst? No Problemo! Wirf einfach einen Blick in Lisas kleines Wörterbuch.

American Diner	*amerikanisch* ursprünglich ein „Restaurantwagen", in dem Fastfood serviert wird und man rund um die Uhr frühstücken kann
au contraire, mon frère	*französisch* im Gegenteil, mein Bruder
bien sûr, ma soeur	*französisch* aber sicher, meine Schwester
bonjour	*französisch* guten Tag
bonjour, mes amies	*französisch* guten Tag, meine Freundinnen
cheese and onion	*englisch* Käse und Zwiebeln (Chipssorte)
chez moi	*französisch* bei mir (zu Hause)
Coverband	*englisch* Popgruppe, die Stücke von berühmten Bands spielt
crazy	*englisch* verrückt
EastEnders	englische TV-Serie, die im Londoner Stadtteil East End spielt
Fashion Girl	*englisch* modebewusstes Mädchen
Freak	*englisch* jemand, der sich sehr für etwas begeistert
Gig	*englisch* Auftritt, Konzert
Gorilla	*hier* Aufpasser, Türsteher
-issimo	mit dieser Endung verleihen Lisa und ihre Freundinnen Adjektiven besonderen Nachdruck: z. B. funissimo, coolissimo

Je voudrais un beau garçon, s'il vous plaît.	*französisch* Ich hätte gerne einen gut aussehenden Jungen.
Miss Marple	Figur in mehreren Kriminalromanen der englischen Autorin Agatha Christie (1890–1976)
Mode-Label	Modemarke
MTV Cribs	Reality-Show auf MTV, bei der Promis die Zuschauer durch ihr Haus führen
Nous avons deux garçons ici.	*französisch* Wir haben hier zwei Jungs.
PR	Abkürzung für *englisch* Public Relations (Öffentlichkeitsarbeit)
Promi	*kurz* für Prominente(r)
pronto	*italienisch* schnell, fix, bereit
quelle horreur!	*französisch* wie schrecklich!
s'il vous plaît	*französisch* bitte
sorry	*englisch* tut mir leid
Stalker	jemand, der andere wiederholt verfolgt oder belästigt
très	*französisch* sehr
VIP	Abkürzung für Very Important Person (englischer Begriff für Promi)
What's the plan, Stan?	*englisch* Was ist der Plan, Stan?

Du kannst es kaum erwarten,
das nächste Star-Geheimnisse-Buch zu lesen?

So geht es weiter:

Band 3

Kate und Amy

Erstes Kapitel

Ich schulde Sophies Tante Penny was, und zwar nicht zu knapp. Und wenn ich nicht zu knapp sage, dann meine ich das auch! Ich rede hier nicht von einem kleinen Gefallen, wie man ihn einer Freundin schuldet, die den Lehrer abgelenkt hat, damit man nicht auf eine knifflige Frage antworten muss. Nein, Penny ist einfach toll! Ganz ehrlich, sie ist einsame Spitze! Erstens ist sie sehr nett und redet mit Sophie, Abby und mir wie mit normalen Menschen und nicht wie mit lästigen Kindern (obwohl

Sophie sie mit ihrer ständigen Fragerei zu den neusten Modetrends beinahe in den Wahnsinn treibt). Zweitens sieht sie aus wie ein Rockstar mit ihren engen Jeans und den coolen T-Shirts. Drittens ist sie Stylistin und kennt einfach JEDEN, den man kennen muss. Und was am wichtigsten ist: Sie stylt Australiens bekannteste und süßeste Nachwuchs-Schauspielerinnen, die Sweetland-Zwillinge, in ihrem ersten Film, der in London gedreht werden soll. Ach ja, und SIE HAT SOPHIE, ABBY UND MIR JOBS ALS SET-RUNNER BESORGT!!!

Als wir ungefähr einen Monat vor Ostern erfuhren, dass Penny bei dem Film mitarbeiten würde, bestürmten wir sie, uns irgendwie am Set einzuschleusen. Wir rechneten uns zwar keine großen Chancen aus, aber wie Abby sehr richtig feststellte, hat man nicht oft die Gelegenheit, echte Megastars wie die Sweetland-Zwillinge zu treffen. Jeden Tag fragten wir Sophie, ob sie schon etwas gehört hätte, aber sie schüttelte immer nur traurig den Kopf. „Penny hat gesagt, sie wird sehen, was sie tun kann“, war alles, was Sophie herausbekam.

Und dann, am Abend des letzten Schultages, als wir uns innerlich schon auf sehr lange Ferien mit verrückten Familienmitgliedern und Spaziergängen durch das langweilige alte Burehurst vorbereitet hatten, bekam ich eine Nachricht von Sophie:

Modepolizei: Wisst Ihr was???
Sahneschnitte: Du hast eine neue Modekollektion entworfen, und H&M will sie in sein Sortiment aufnehmen?
Modepolizei: Haha, sehr lustig, Abby! Wart's nur ab – eines Tages werde ich die Königin der Fashion-Welt sein. Sämtliche Mode-Labels werden sich um mich reißen! Rate noch mal!
Miss.Neugierig: Mrs Green hat dich angerufen und gesagt: „Vergiss all die Hausaufgaben, die ich euch über die Ferien aufgegeben habe. Und sag Abby und Lisa, sie brauchen sie auch nicht zu machen."
Modepolizei: Falsch. Penny hat angerufen und gesagt, dass wir beim Filmdreh in London dabei sind!!!

Miss.Neugierig: IST NICHT WAHR!!!

Modepolizei: Au contraire, mon frère. Und es kommt sogar noch besser!

Sahneschnitte: Was könnte besser sein, als mitzuerleben, wie ein Film gedreht wird, und die Sweetland-Zwillinge zu treffen?!

Modepolizei: Wir werden zwei ganze Wochen am Set verbringen. Penny hat uns Jobs als Runner besorgt!!!

Miss.Neugierig: AAAAAAAAAAAAAAAAAA AAAAAAAAAAAAAAAAAAAAAAAAAAAAAA AAAAAHHHHHHHHHHHHHHHH!

Sahneschnitte: AAAAAAAAAAAAAAAAAA AAAAAAAAAAAAAAAAAAAAAAAAAAAAAA AAAAAAAAAAAAAAAAA HHHHHHHHHH!

Wir würden zwei Wochen an einem Filmset verbringen – das war einfach der absolute Hammer! Das würden hundertpro die besten Osterferien aller Zeiten werden!

Als ich gerade einen Freudentanz in meinem Zimmer aufführte, steckte Oma den Kopf zur Tür herein.

„Alles in Ordnung, Lisa, Schätzchen?", fragte sie. „Ich hab so ein lautes Poltern gehört."

„Oma! Ich werde Runner!!!", kreischte ich, griff nach Omas Händen und versuchte, sie zum Mittanzen zu bewegen. „Ist das nicht wahnsinnig cool?"

„Runner? Aber ich dachte, du hasst Sport!" Oma machte ein verwirrtes Gesicht.

Ich fing an zu kichern und konnte gar nicht mehr aufhören. Ab sofort zählte nur noch eins: Ich hatte einen Job im Film-Business!

Ein paar Tage später saßen wir im Zug nach London. Sophies Mutter begleitete uns. Sophie hatte sich meine Ausgabe der Zeitschrift *Star Secrets* geschnappt und testete, wie gut ich über die Sweetland-Zwillinge Bescheid wusste. Ich kaufe mir jede Woche die *Star Secrets*, darum weiß ich über die meisten Promis so ziemlich jedes Detail. Schade, dass es kein Schulfach gibt, in dem ich mit meinem Wissen glänzen kann. Stattdessen müssen wir uns mit so langweiligen Sachen wie Mathe und Französisch beschäftigen. Gähn!

„Okay, also, was ist Kates Lieblingsfarbe?“, fragte Sophie.

„Blau“, antwortete ich und verdrehte die Augen, weil die Frage so kinderleicht war.

„Wie hieß Amys erste große Liebe?“, wollte Abby wissen, die über Sophies Schulter auf das Quiz in der Zeitschrift schaute.

„Jonathan Appleby“, antwortete ich wie aus der Pistole geschossen.

„Und die zweiten Vornamen ihrer Filmfiguren in *Hart Grove*?“, fragte Sophie.

„Mary und Sarah“, frohlockte ich.

„Ihr Sternzeichen?“

„Zwillinge – was sonst?“

„Okay, okay, wir geben auf“, seufzte Abby. „Du weißt einfach alles über Kate und Amy Sweetland.“

„Genau! Das hab ich euch ja gleich gesagt!“ Ich reckte triumphierend die Faust in die Luft.

STAR
GEHEIMNISSE
Annabelle Starr
Mirage

www.schneiderbuch.de
Die coolste Seite für junge Leseratten
PFERDE
Kleine Hexe ganz groß
MÄDCHEN
HUI BUH
FILM-BÜCHER
DISNEY
ABENTEUER
Hanni und Nanni
KLASSIKER
Hier findet ihr:
- eure Lieblingsschmöker
- Leseproben
- Gewinnspiele
- und vieles mehr!
THOMAS BREZINA
Amy Angel
UGENDROMANE
www.schneiderbuch.de
EGMONT
Verlagsgesellschaften
Schneider Buch